中公文庫

華国神記 3

終わりし神の残影に

九条菜月

中央公論新社

目次

華国神記3

終わりし神の残影に

序章

まだ夜も明け切らぬ早朝。湿り気を帯びた生ぬるい空気が、薄暗い廊下《ろうか》や、庭園に面する回廊《かいろう》を覆《おお》っていた。

そこを行き交う人の姿は少ない。動き出している者は、下働きの者か、料理人ぐらいだ。しばらくすれば、妃妾《ひしょう》達の世話をする女官や、宦官《かんがん》が加わり賑《にぎ》やかになるのだが、今は静《せい》寂《じゃく》に支配されている。

ここは、華安《かあん》の北に位置する宮殿の、その奥に位置する禁裏――後宮と呼ばれる場所である。中央に黄玉宮《おうぎょくきゅう》を置き、東西南北には四夫人に与えられる離宮が鎮座する。皇后の宮は別に設けられ、より厳しい警備体制が敷かれていた。

その黄玉宮の一画。朱塗《しゅぬ》りの回廊を足音を殺して歩く、一人の少年がいた。周囲を警戒するように背を丸め、大きな瞳《ひとみ》を忙《せわ》しなくさ迷わせている。歳《とし》は十をすぎたくらいか。幼《おさな》さが残る顔には心細さが滲《にじ》み出《で》ていた。

少年は姓を陶《とう》といった。

十五日ほど前に、後宮へ宦官見習いとしてやってきたばかりだ。

陶は黄玉宮の一室で、同じ年頃の少年達四人と寝起きを共にしていた。他の房《へや》にも似た年頃の者がいるが、全部で何人いるのか正確な人数はわからない。

しかし、農民の出は陶だけで、官吏《かんり》や宦官の親戚筋であったり、商家の子であったりと、みな裕福な者ばかりであった。それ故《ゆえ》か、誰が言い出したわけでもないが、面倒な仕事は陶に押しつけられるようになった。陶自身も、反発することができずに諾々《だくだく》と従ってしまう。せめてもの救いは、下働きの女達が優しく接してくれることだ。指南役の宦官に気づかれないように仕事を手伝ってくれたり、内緒で食べ物をくれたり。彼女達の優しさがなければ、陶の後宮での生活はもっと厳しいものになっていたに違いない。

「おはようございます」

厨房《ちゅうぼう》には、すでにせっせと働く料理人や下働きの女達の姿があった。

「ああ、陶かい。ほら、これを持っていきな」

「ありがとうございます」

顔見知りの女に声をかければ、いつものように桶《おけ》と使い古された布を渡された。厨房の外にある井戸から水を汲《く》み、零《こぼ》さないように桶を両手で抱える。小柄な陶にはそれだけでも重労働だ。

陶の朝の仕事は、黄玉宮の清掃である。本来は陶一人に課せられたものではないが、例の如《ごと》く同じ境遇《きょうぐう》にいる少年達に、理由をつけて押しつけられてしまったのだ。

彼らは親からなにか言い含められているのか、権力を持つ上位の宦官や、位の高い妃妾と接する仕事ばかりをやろうとする。それには、さすがの指南役も、うんざりした表情を浮かべるほどだ。

宦官とは、科挙や軍の入隊以外で庶民が出世する唯一の手段である。皇帝や后妃《こうひ》、寵妃《ちょうひ》に重用されれば、権力を振るうことも可能だという。むろん審査はあるが、他の二つに比べれば合格率は遥《はる》かに高いらしい。

そのため、出世を狙《ねら》う官僚や商人達は、自分の子や親族の子らに、自宮と呼ばれる去勢手術をさせ、後宮へと送り込むのである。

だが、陶が宦官となった理由は、一般的なものとは異なっていた。

一つは口減らしのため。陶が育った邑《むら》は貧しく、冬には必ず餓死者《がししゃ》を出している。もう一つは、父にまとまった金が手に入ったため。それは自宮の手術をするに充分な額であった。そして、最後の一つは、陶の容貌《ようぼう》が整っていたためである。

話を持ってきたのは、同じ邑で暮らす伯父《おじ》だった。父の兄に当たる人物で、言葉巧《たく》みに宦官のよさを説いた。

陶の歳の離れた兄は強固に反対してくれた。母は父の手前なにも口にしなかったが、涙を堪《こら》えるように陶を見詰めていた。結局、貧しさが父の背を後押しした。正式な宦官として取り立てられれば、給金も出る。陶だけでも貧しさから抜け出せるならばと、父は断腸の思いで決断を下した。

しかし、伯父の意図は別にあった。平たく言えば、父は伯父に騙《だま》されたのだ。

宦官の募集は定期的に行われているが、後宮が荒れていると噂《うわさ》される今、募集に集まる人数は定員に満たないのだという。

　むろん、他の少年達の親族のように権力志向の強い者もいる。彼らの中には今こそが好機と考える者もいるだろう。だが、それはほんの一握《ひとにぎ》りだ。悪い噂の絶えない後宮に、博打《ばくち》のように一門の子弟を送り込む者は多くはない。

　では、定員に満たない残りをどう補うのか。簡単なことだ。貧しい農村で、見目のいい男児を買えばいい。

　伯父は父には告げずに、陶を人買いに売ったのだ。しかも手術の費用まで父に出させて。一般的に自宮の手術費用は、人買い側が持つ。伯父はそれをそのまま自分の懐《ふところ》へとしまっていた。気づいた時には、すでに手遅れだった。

　手術を受けた時のことは、思い出したくもない。生涯忘れられない悪夢として、陶の心に刻まれた。そして、傷が癒《い》える間もなく、陶は後宮に放り込まれたのである。

　宦官見習いの少年達は、そんな伯父によく似ていた。

　権力を持つ者におもねり、甘い蜜《みつ》のおこぼれに与《あずか》ろうとする。それを忌避《きひ》するが故に、陶は少年達から自然と距離を置いていた。

　出自のこともあり、今のところ陶の行動を不審に思うものはいなかった。むしろ、陶を自分達よりも下に見ている少年達は、それが当然だと認識しているようだ。

　毎晩のように、房室では今日は誰と会っただの、皇帝陛下《へいか》をお見かけしただのと、飽きることなく自慢話が繰り広げられている。陶がそこに交じることはないが、寝たふりをしつつ、少年達の話に耳を傾けてはいた。

よいことでも悪いことでも、人の話をよく聞きなさい、というのが父の口癖《くちぐせ》だった。そう聞かされて育った陶は、自然と他者の会話に耳を傾ける癖がついている。

そして、後宮《ここ》での暮らしの中で、絶対に目立つようなことをしてはいけないよ、と助言してくれたのは年配の女官だった。

彼女には息子《むすこ》がいたが、数年前に陶と同じ歳で死んでしまったらしい。右も左もわからない陶に息子を重ねたのか、親身になって様々なことを教えてくれた。

彼女が語るには、皇帝陛下や后妃、寵妃の目に留まるためには、目立った存在でなければならない。だが、それは諸刃《もろは》の剣《つるぎ》なのだ、と。新入りの宦官が、短期間で寵臣になりえた例はない。台頭する前に、上位の宦官達によって排除されてしまうのだという。

その他にも、顔をあわせる度にここで生きていくための注意事項を覚え込まされた。宮廷や後宮についての知識に乏《とぼ》しい陶は、忠告の半分も理解できなかったが、ここがとても恐《おそ》ろしいところなのだということは痛いほど理解できた。

とりあえず、今は与えられた仕事を黙々とこなすしかない。年配の女官からは、色々なことを学びながら、後宮内の情勢をできる限り早く理解するようにと言われている。

妃妾や宦官の関係。そして、彼らの派閥《はばつ》。

これは師を探した方がいいかもしれないね、と女官は言葉を足した。彼女に教わることはできないのだろうかとも思ったが、宦官見習いが女官と会話すること自体、好ましいものではないそうだ。

ただ、あまりにも陶が不安げな顔をしていたのか、幾人か古株の宦官を教えてもらうことができた。少年達の会話では、一度も名があがらなかった者達だ。しかし、長く後宮にいるということは、それだけ上手《うま》くたちまわっている証拠でもある。その中から信用できそうな人物に師事し、後宮で生き抜く術《すべ》を学ぼう。

決意を固めた陶は、仕事をしながら年配の女官に教えてもらった宦官を観察するようにした。

それが六日前のことである。

朱塗りの回廊を掃除しながら考えを巡らせる。古株の宦官達は、一人を除き、みな誰かしらの派閥に属していた。おそらく、権力を持つ寵妃か寵臣におもねることが、生き残るための有効な手段なのだろう。

確かに、それは正しい。

後宮は邑と同じだ。力を持つ邑長《むらおさ》がいて、その親族達が大きな顔でのさばる。少しでもいい思いがしたいと、邑人達は権力者におもねった。陶の伯父もその一人である。

しかし、自分のように秀でたものをなに一つ持たない宦官見習いなど、捨て石とされるどころか、見向きもしてもらえない。派閥に入りたいと言って、簡単に許されるわけがないのだ。

それと同時に、選択を誤れば共倒れとなる危険性も孕《はら》んでいる。後宮では皇帝の寵こそがすべてで、それは移《うつ》ろいやすい。より強固な地位を築いている者の下につければいいが、同じ考えを持つ者は他にも大勢いるだろう。

溜息《ためいき》が漏《も》れる。どう考えても、ここで暮らしていけるとは思えない。支給された袍《ほう》は、陶が今まで着ていたものとは比べものにならない上等な布地で作られていた。

毎日の食事も、少年達は文句をつけるが、陶にとっては贅沢《ぜいたく》と思えるほどのものだ。寝床も清潔で、冬がきても寒さに凍えることはないだろう。

だが、陶の胸にあるのは強い郷愁《きょうしゅう》の念であった。貧しくとも、あの慣れ親しんだ邑に帰りたい。それでも、込み上げてくる感情を陶は抑え込んだ。邑に戻ったら、両親に迷惑をかけることになる。家族が知らないだけで、陶は人買いに売られたのだ。家に戻れば、それを知った人買いに払った金を返せと迫られるだろう。

そんな金はどこを探してもないし、伯父の懐はもう軽くなっているはずだ。一介の農民が訴えたところで、役人達がとりあってくれるとも思えない。父や母は困るだろう。また、金を工面しようにも、そう簡単に集められるわけがない。陶は再び後宮へと戻され、真実を知った家族が嘆き悲しむだけだ。

――自分の居る場所は、もうここ以外にはない。

床を拭《ふ》く手を止め、唇を噛《か》み締《し》める。ここで生きると決めた以上、年配の女官の忠告をできるだけ早めに実行しなければならない。

「……そろそろかな」

掃除の手を動かしながら、陶は周囲を窺《うかが》った。何事もなければ、ある人物がここを通る頃だ。

名は陳安世《ちんあんせい》。年配の女官に教えられた宦官の一人だ。三十歳くらいの男で、背は低く体つきはふっくらとしている。容姿はこれといって特筆すべきところはない。容姿のよさが重んじられる後宮にあって異質だった。

――出自がよいのかもしれない。

限られた情報を吟味《ぎんみ》し、陶はそう結論づけた。陳だけが、どの派閥にも属していないというのも理由の一つである。

誰がどの派閥に属しているかは、同室の少年達に訊《たず》ねると簡単にわかった。面倒な仕事を肩代わりすれば、こちらを疑うことなくなんでも教えてくれる。知識を披露《ひろう》できるのが楽しいのか、時には訊《き》いていないことまで得意げに教えてくれた。

「はぁ……」

汚れた布を水に浸し、充分に揉《も》んでから水気を絞《しぼ》る。今はまだいいが、冬になったら指先がかじかんで大変なことになりそうだ。

陶と違って、未《いま》だ夢の中でまどろんでいる少年達は、冬になっても平気で水仕事を押しつけてくるだろう。辛《つら》い仕事はやりたくない。そんな単純な理由で。腹立ちはある。だが、少年達が取り入っている高位の宦官に、あることないことを吹き込まれたら困るのはこちらだ。

陶は、少年達が体《てい》よく雑事を押しつけることのできる貴重な存在である。疎《うと》まれてはいるが、いなくなられて困るのは彼らだ。つまり、陶が余計な手出しをしなければ、追い出そうと画策されることもない。仕事を押しつけられるのは辛かったが、今は息を潜《ひそ》めて耐えるのが最善だ。

そう心に決め、床や柱を丁寧《ていねい》に拭いていく。しばらくすると、建物の奥からこちらに歩いてくる人影が見えた。

すっ、すっ、と滑るような音だ。足音をたてるのは不作法なのだそうだ。最初は馴染《なじ》めなかった歩きかたも、指南役からみっちりと指導を受けたおかげで、今ではあまり意識せずに歩くことができる。

桶を持って脇《わき》に避《よ》け、蹲《うずくま》るように平伏する。通常ならば、妃妾かよほど高位の宦官でなければ、軽く目礼、もしくは拱手《きょうしゅ》だけでいいのだが、清掃中は脇に控えて相手が通りすぎるのを待たなければならない。

ちらりと視線をあげて確認すれば、陳安世の小柄な姿が視界に映った。年配の女官に教えられた宦官達を、毎日のように観察し続けた結果、もっとも陶の興味を引いたのは陳だ。できれば話しかけてみたいと思っているが、その一歩がなかなか踏《ふ》み出《だ》せない。

なによりも、自分はしがない宦官見習いだ。よほどのことがない限り、目上の者には自分から声をかけるものではないと、最初に教えられたのである。

なにか不自然ではなく、この人と接点を持つ方法はないものか。考えをまとめながら相手の気配を窺っていると、すぐ傍《そば》で足音が止まった。思わず顔をあげれば、陳の観察するような眼差《まなざ》しとかちあう。

「——なるほど。ここ数日の視線は、あなたでしたか」

「えっ」

「私はこう見えて視線には敏感なんです。敵意ではないようなので放置しておりましたが、まさかこんなに可愛《かわい》らしい見習いさんだったとは。私の顔になにかついていましたか。それとも、どこかでお会いしたことでも？」

「…………」

気づかれていたのか。陶の背を冷たいものが伝った。心臓がうるさいくらい鳴って、息をするのも苦しい。それでも、陳の顔に不快な色があらわれていないことが救いだった。内心ではどう思っているかわからないが、話しかける機会が相手から与えられたのだ。腹を括《くく》るしかない。

「ご、ご不快に思われたら申しわけありません。私は先日、宦官見習いとして後宮にやってまいりました、陶と申します」

「知っていますよ。面倒なことばかり押しつけられている、かわいそうな見習いさんですよね」

「あ……」

「新しい子が入る度に、一人や二人は君と同じような目に遭《あ》うものです。良家の子息には単純な清掃すらも辛いらしく、たいてい家に逃げ帰るか、首を括ってしまいますが。あなたは農民の出ですから、意外と平気そうですね」

　そこまで知られているのか、と思うと同時に、〝首を括る〟という物騒な言葉に、陶は生《なま》唾《つば》を呑《の》み込《こ》んだ。下働きの女達から脅《おど》かし半分、忠告半分で聞いているが、陳の言葉にはより真実味があった。

　陶の反応に、陳は意地の悪い笑みを浮かべ話を続ける。

「怖いですか？　自死は珍しいことではありませんよ。それに新しい見習いの顔と名前、出自くらいは覚えています」

「あ、あの！　よかったら、俺に教えてくれませんか！」

「言葉遣い」

「え、ええと……ご迷惑でなければ、私にご指導願えませんでしょうか？」

　敬語とは縁《えん》のない環境で育っただけに、焦《あせ》った拍子《ひょうし》に地が出てしまった。指南役から叩《たた》き込まれた敬語を、陶はたどたどしいながらもなんとか言い切る。

「ふむ。なにを指導しろと？　指南役では足りないんですか」

「いえっ、違います。後宮の情勢を、俺……私はなにも知らなくて。できれば、信頼できる方から学びたいんです」

「私が信頼できると？」

　いささかわざとらしくはあったが、陳は驚くように目を見張った。確かに、いきなりそのようなことを言われても納得はできないだろう。ここで快く引き受けてくれるような人でないから、陳に指南役を頼みたいのだ。陶は言葉を選ぶように口を開いた。機嫌を損ねてしまえばお終《しま》いだ。

「陳様はどの派閥にも属しておられません」

「私以外にもいますよ」

「はい。ですが、私はあなたを見ていて、あなたに指導してほしいと思いました」

すべての宦官を観察したわけではない。陶が観察していたのは、年配の女官に教えられた古株の者達だけだ。

だが、その中でも陳の行動は実に奇妙なものであった。陶が観察を始めてすぐのことである。とある妃妾の膳《ぜん》に毒が混入した。

それは命を奪うほどのものではなかったが、妃妾は激しい嘔吐《おうと》を繰り返したという。後宮内の犯罪を取り締まるのは、宮官と呼ばれる宦官である。陳は毒を盛られた妃妾の配膳にかかわったことから、宮官から取り調べを受けた。

犯人として、被害者と犬猿の仲と有名な妃妾の名があがり、その妃妾つきの侍女の荷物から、混ぜられたと思《おぼ》しき毒草が発見された。それが動かぬ証拠となりかけたのだが、事態は一変した。

被害者である妃妾つきの侍女が、犯人として捕《と》らえられたのだ。

彼女の部屋の近くで、雑草に紛《まぎ》れるようにして毒草も栽培されていた。そして、毒が盛られた日の配膳には、捕らえられた侍女も携《たずさ》わっていた。加害者と目されていた侍女の持ち物に毒草を紛れ込ませて、罪を擦《なす》りつけようとしたのだろう。捕らえられた侍女はあっさりと自供した。主《あるじ》の八つ当たりに耐えられなかったのだという。

　毒草の種は、本来は薬草として用いられるもので、後宮に出入りする商人に、煎《せん》じて飲むためだと言って注文したそうだ。

　庭に植えた種が芽吹くまでに害意が薄れることを祈ったが、主からの扱いは酷《ひど》いもので我慢がならなかった。少しくらい苦しめばいいと、つい膳に毒となる根を混ぜたのだという。それが自分で思った以上の大事《おおごと》となり、恐ろしくなって敵対関係にある妃妾の侍女に罪を擦りつけた——。

　この一件は担当宮官の手柄となったらしい。だが、毒を盛られた妃妾と侍女の関係、その侍女が商人から買い入れた品物の中身など、それとなく匂《にお》わせた人物は別にいた。すべて陳が尋問《じんもん》を受けた際に、述べた証言に含まれていたのだ。敵対していた妃妾に向いていた宮官の目を、毒を盛られた側の侍女へと向けさせた。もしも、それが意図的に行われたものだとしたら。

　宮官に自分の考えとして推論を述べれば、事件を解決に導いたことで褒賞《ほうしょう》をもらえたかもしれない。それが叶《かな》わなくても、宮官に名を売るきっかけとなったはずだ。しかし、陳のとった行動は、担当の宮官に手柄を譲《ゆず》ったようなものである。

　目立つことを回避したのでは、というのが陶の推測だ。頭が切れることを知られたくなかったと考えれば、陳の行動にも納得がいく。ひっそりとした身の処し方こそが自分に必要だと、陶は思ったのだ。

「私を観察していたと？」

「申しわけありません！」

不快にさせてしまったのでは、と陶は慌てながら弁解した。

「ずっと見ていたわけではありません。噂に聞いたものがほとんどです」

情報源は下働きの女達なのだが、それは言わない方がいいだろう。彼女達の日常は同じことの繰り返しだ。噂話は唯一の楽しみである。

故に、わざわざなにがあったのか訊ねなくても、女達の会話に耳をそばだてているだけで事足りる。あとは見聞きした情報から、自分なりの推論を立てればいい。

「私は偉《えら》くなりたいわけじゃありません。後宮の隅《すみ》でひっそりと生きていければ、それでいいんです。でも、そのためには色々なことを学ばなければなりません」

そう告げたあと、陶は顔を俯《うつむ》かせた。

「私はご存じの通り、貧しい邑の出です。親しくなってもなんの益もありません。だから、指南役も必要以上のことを語らず、同じ見習いの子達からは面倒な仕事を押しつけられます。今までは人の会話や噂話から情報は得ていましたが、それだけでは足りないんです」

右も左もわからない。迷子のようなものだと思う。いつまで待っても誰も迎えにきてくれないと知っているから、陶は自力で生きていく道を選んだのだ。

「あなたにとっては、面倒なだけかもしれません。私にできることならなんでもします。だからどうか、私の師となっていただけませんか」

必死に紡《つむ》いだ言葉は、相手に届いただろうか。面倒事はごめんだと切り捨てられるかもしれない。それも覚悟はしている。だめだと断られても、機を見て何度かお願いするつもりだ。あまりしつこいとここから追い出されてしまうかもしれないので、数回が限度ではあるが。

お願いします、と頭を下げれば、小さな溜息が聞こえてきた。

「まあ、あなたはそこそこに賢い子のようですし、教えること自体は苦にもならないと思います。ですがねぇ」

「……だめですか？」

「ああ、そんな目で見られたら断り辛いじゃないですか」

ならば、承諾してもらうために、もっと見詰めなければ。縋《すが》るように見上げれば、今度は盛大な溜息が返ってきた。

「やれやれですね。私がなぜ渋っているかわかりますか？」

「ええと……」

益がない、というのはすでに自分の口から述べている。面倒だから、というのも同じだ。おそらく、その他の理由があるのだろう。

「私と親しくすると、変に勘繰《かんぐ》られるから、でしょうか」

「もっと詳しく」

「ええと、私に恩を売っても意味がないことくらい、他の方もわかっています。でも、これまでずっと一人で行動してきたあなたが私の面倒を見ることを、疑問に思う方が出てくるかもしれない。目立つことを嫌うあなたにとって、好ましくない事態なのではありませんか？」

　陶に優しくしてくれたのは、下働きの女達と年配の女官だけだった。今まで接触のあった宦官は、誰もが義務的な会話のみで、必要がなければ存在すら無視されるほどである。そんな立場の宦官見習いの子供に目を掛《か》けていれば、目立って当然だ。もしも陶が陳の立場だったとすれば、迷うことなく断っただろう。

「正解です。私は必要以上に目立ちたくはありません。あなたが私に師事するなら、ちゃんとした理由が必要なんですよ」

「うう……」

　親族である、という手段は使えないだろう。陶の出自はみなの知るところである。陳の不利益となることはできない。どうすれば、と頭を悩ませていると、ほどなくして諦《あきら》めたような声が響いた。

「……やれやれ。面倒事は本当に嫌いなんですけどねぇ」

「？」

「師となることは勘弁してください。ですが、質問には答えてあげましょう」

「質問、ですか？」

　陳の意外な申し出に、陶は首を傾《かし》げた。質問といっても、いったいなにを訊けばいいのだろうか。困惑する陶に、陳は頷《うなず》いた。

「ええ。あなたはいつも一人で掃除をしていますからね。それを利用しましょう。ただし、私も仕事がありますので、時間は限られます。質問は一つだけ。私はそれに答えを返します」

陶は目を見開いた。師事することはできなかったが、それは自分が望んだ関係に近い。あまりの嬉《うれ》しさに、声が上擦《うわず》りそうになった。

「よろしいんですかっ？」

「あなたが言い出したことでしょう。上司の愚痴《ぐち》を延々と聞かされるよりは、遥かに有意義ですよ」

「あ、ありがとうございます！」

「その代わり、条件があります。私との関係を他言しないこと。これは当然ですね。あと――あなたが得た情報を、私にも教えてください」

「えっ、でも、私より陳様の方がここにお詳しいのでは？」

陶が得られる情報は、下働きの女達の間で交わされる噂話か、同室の少年達からもたらされるものくらいだ。陳の興味を引くとは思えない。

「私の情報網にも限界はあるんですよ。すべてを網羅《もうら》しているわけではありません」

やや呆《あき》れたような声音《こわね》に、陶は羞恥《しゅうち》に頬《ほお》を染めた。いつの間にか、陳を過大評価してしまっていたらしい。

「私は、あくまでも長くここに居続けているというだけです。その分、様々なことを見聞きしていますが、特別な権力を持っているわけではありません。むしろ、高位の方々の指先一つでここから追い出されてしまう立場です。ですから、あまり私に期待しないように。あなたが失敗したところで、庇《かば》ってはあげられませんからね」

「はい」

もちろん、陶もそこまでは望んでいない。自分にわざわざ時間を割《さ》いてもらえるのだ、不満を言ったら罰《ばち》が当たるだろう。

「では、質問を一つ受けましょう」

「え、今ですか？」

「せっかくの機会です。むだにしてはもったいないですよ」

正論である。わからないことはたくさんあるが、できるなら早急に学ばなければならない分野が好ましいだろう。だが、質問は一つだけ。それも、あまり時間をかけることはできない。

「……では、お訊ねします。絶対に近づいてはいけない派閥を教えてください」

少年達の話から、どのような派閥があるのか、また、誰が中心となっているのかは知っていた。しかし、どの勢力が一番権力を持っているのか、どの勢力がもっとも過激なのか。そういったことを会話の端々から窺い知ることは難しい。

「二つあります。一つは、張元法《ちょうげんぼう》という若い宦官を中心とした派閥です。彼は寵臣であることと、出自のよさを鼻にかけ、気に入らない者を情け容赦《ようしゃ》なく切り捨てます。事実、彼の命令で排斥《はいせき》された宦官や妃妾は少なくありません。後宮では、そこが一番大きな派閥です。ただ、規模が大きな分、いまひとつ統率が取れていません。内々のごたごたに巻き込まれたくなかったら、できるだけ距離を置いたほうがいいでしょう」

「はい」

陶は神妙な顔で頷いた。告げられる内容を、忘れないように必死で頭に叩き込む。

「もう一つは四夫人の一人、黎貴妃《れいきひ》様の派閥です。こちらは規模こそ張元法にやや劣りますが、後宮の外にも強い人脈を持っています。なによりも、公子が生まれたことが大きいですね。太子を排斥し、我が子を次期皇帝にと野心を燃やしているようです。継嗣《けいし》問題に巻き込まれたくなければ、けっして近づかないことですね」

「わかりました」

「では、私からの質問です。あなたはどこから情報を集めているのですか？」

一瞬、陶は答えを躊躇《ためら》ったが、正直に答えることにした。それを理由に見捨てられたら意味がない。

「……下働きの人達と、同室の子達からです」

前者は曖昧《あいまい》にぼかし、後者ははっきりと述べた。下働きの女達は人数も多く、誰がどの噂を口にしていたのか調べることは難しい。陳がなにを思って情報源について訊いてきたのかは不明だが、訊ねたところで答えは返ってこないだろう。質問は一つだけ。そう決まっているのだから。

「ああ、女性は噂が好きですからね。でも、そこから情報を集められるのはあなたくらいですよ。私には絶対にむりです」

「え？」

「彼女達は宦官を警戒して、私達の気配がするとすぐに会話を止《や》めてしまいます。あなたは見習いで、出自も彼女達に近いものがありますから。警戒され難《にく》いんでしょう」

「そうですか……」

　確かに、下働きの女達が噂話に興じているのは、周囲に女官や宦官がいない時だけだ。たとえ悪気のない噂話でも、それが誰かの耳に入って処罰される恐れもある。ささいな失敗が、自分の首を絞めかねない場所なのだ。

「まあ、それも今のうちだけですよ。見習いの期間が終われば、君も宦官の一人として警戒されるでしょう」

「……はい」

　下働きの女達が自分に優しいのは、後宮に来たばかりの見習いで出自が低いからだ。人買いに売られてきたことも、薄々気づいているかもしれない。それ以外に、農民の子がここに来る理由はないのだから。

　だが、陶が様々なことを学び、正式な宦官として働くようになれば、彼女達はそれまでのように気を許してはくれないだろう。寂《さび》しくはあるが、それもしかたのないことだと陶は思うことにした。

「さて、私はそろそろ行きます。次からは陳ではなく、安世と呼んでください」

「それならば、私も青乎《せいこ》、と」

　邑では、〝青〟と呼ばれていたが、もうその名で呼ぶ者はいない。「わかりました」と頷いた陳は、ふとなにかを思い出したように遠い眼差しを浮かべた。

「本当に、張元法本人とその派閥には気をつけてくださいね。近づかなければいい、というわけではありませんよ。少し前の話ですが、声の美しさから陛下に気に入られた若い宦官がいました。歳はあなたより少し上でしたか。控え目で陛下の寵を誇らず、平穏を望んでいるように見えました。ですが、それを嫉《そね》んだ元法殿によって、後宮から追い出されてしまったんです。その際、二度と声が出せないようにとのどを裂かれてしまいました」

「そんな……」

「その後、彼がどうなったかは知りません。ただ、あなたと同じ〝青〟を表す字を、名に持っていたことを思い出しまして」

　ここでは珍しいことではありませんよ、とそれだけを告げ、陳は去って行った。茫然《ぼうぜん》としていた陶は、我に返り、慌てて掃除に取りかかる。そう長い間、会話をしていたわけではないが、仕事が遅れれば指南役に小言をもらうことになる。

　いつもより必死になって床を拭き、次の仕事に取りかかるべく桶を両腕で抱えあげた。とりあえず、年配の女官の助言通り、古株の宦官に色々なことを教えてもらえることになった。先ほど教えられたことを、絶対に忘れないように反芻《はんすう》する。房室に戻ったら、今まで以上に少年達の会話に耳を澄《す》まそう。自分の身の回りで、二つの派閥に入っている者がいないかどうか探《さぐ》らなければならない。

それと、明日の質問も。

一日一回と制限されてしまったので、よく考えてから訊ねなくてはならない。陳がいつまで陶につきあってくれるかわからない状況では、一問も無駄《むだ》にはできなかった。

「――よし、頑張るぞ」

陶は自分に言い聞かせるように、力強く呟《つぶや》いた。

人生はなにが起こるかわからない。畑を耕して一生を終えるか、家僕《かぼく》としてどこかに奉公するかのどちらかだと思っていた。でも、一つの出会いが陶の将来を変えた。

陶が出会ったのは、真っ白な大虎に乗った少女だった。容姿までは覚えていない。虎に驚き、すぐに気絶してしまったからだ。

目覚めた時には、少女の姿はどこにもなかった。白昼夢かとも思ったが、陶は自分の姿を見て愕然《がくぜん》とした。兄のお下がりの短服が、少女が着ていた白い袍に替わっていたからだ。

陶を捜しに来た両親は、それを聞いて、神様の仕業《しわざ》だと言った。

貧しさを哀れんだ神様が、施しをくださったのだ、と。実際、陶に残された袍は上等な布で作られており、換金するとかなりの額を手に入れることができた。

しかし、それ故に陶の未来は狂った。大金に目が眩《くら》んだ伯父によって、人買いに売られてしまったのだ。

きっかけとなった神様を恨む気持ちはない。

悪いのは伯父であり、神様は施しをくれただけなのだ。

いずれ正式な宦官になって給金を溜《た》めたら、屋敷を買って家族を華安に呼ぼう。一緒に暮らすことはできないかもしれないが、両親にはできるだけ楽をさせてあげたい。むろん、伯父は邑に残すつもりだ。伯父がしたことを告げれば、誰も反対はしないだろう。

——そのためには、なにがなんでもここで生き残らなければ。

新たな決意を胸に、陶は歩き出したのだった。

第一章

小鳥の囀《さえず》りで、李春蘭《りしゅんらん》は目を覚ました。

どうやら、揺り椅子《いす》に座ったままうたた寝をしてしまったらしい。懐かしい夢を見た気もするが、思い出そうとするとわずかに頭が痛んだ。ふわりと欠伸《あくび》をして、睡魔を追い払うように背伸びする。

今日は、病に罹《かか》った者達を寝かせていた房室の掃除をしようと思っていたのだ。祥琳《しょうりん》と蒼羽《そうう》が、先にはじめているかもしれない。どうせなら、一言声をかけてくれればいいものを。

「早く行かなくては……」

揺り椅子から立ちあがったところで、春蘭は違和感に気づいた。

房室の中央にある円卓には、干し杏《あんず》や葡萄《ぶどう》が盛られた白い陶器の平皿と、手のひらに収まる大きさの茶器が置かれている。壁に目を向ければ、複雑な形に組み上げられた格子窓から光が差し込み、床に見事な牡丹《ぼたん》の影絵を描いていた。

他に調度品と呼べる物はないが、それは春蘭が不要だと告げたからだ。

「……そうか、ここは」

妓楼《ぎろう》ではないのだな、と春蘭は脱力する。もう一度ゆっくりと揺り椅子に体を沈め、天《てん》井《じょう》を見上げた。

後宮《ここ》に来てから、十日が経《た》った。

宴《うたげ》の余興など、引き受けなければよかったと嘆息する。そうすれば、皇帝などという面倒な存在に目をつけられることもなかったのだ。とはいえ、それはあくまでも結果論。まさか後宮に召しあげられるとは、誰が思うだろう。

「みなは、どうしているだろうな」

脳裏を黄海楼《おうかいろう》で働く者達の顔が過《よぎ》る。華安《かあん》の都を脅《おびや》かした流行《はや》り病《やまい》が落ち着いたとはいえ、すぐに妓楼を再開できるものではない。下働きの者が数名、それに妓女《ぎじょ》も幾人かが命を落としたと聞いている。

――なにより、楼主である淘蟬英《とうせんえい》を失った悲しみは深い。

胸がじくりと痛んで、春蘭は眉を寄せた。流行り病を広げないために、春蘭は華安の守り神を探しに龍天山《りゅうてんざん》へと向かった。そこには力を奪われ、縫《ぬ》いつけられた龍神がいた。それを解放し、これでようやく流行り病も収まると安堵《あんど》したのに。

守ろうとして、守れなかった。その事実が、春蘭に重くのしかかる。せめて妓楼の復興に携わりたかったが、後宮に召しあげられてしまったからにはどうすることもできない。本来ならば、なんの権力も持たない少女が皇帝の目に留まること自体が慶事である。

しかし、妓楼でそれを喜ぶ者は誰一人としていなかった。中には悔し涙さえ流す者もいた。皇帝の命を断ることはできない。下手をすれば妓楼が取《と》り潰《つぶ》しの憂き目に遭う恐れもあった。

そもそもの事の発端は、宮中で開かれた宴に黄海楼の妓女達が呼ばれたことだ。占師《せんし》秋菊《しゅうぎく》として働いていた春蘭も、余興の一つとして占の腕を見せることになった。〝謎《なぞ》の占師〟を謳《うた》っていたため、妓楼の者を占師に扮《ふん》させ、自身は介添えの振りをして占を行った。しかし、気の流れを視ることができる皇帝には、誰が占師か筒抜けだったらしい。

傍へ、と命じられ、春蘭は皇帝沸儀《ふつぎ》と言葉を交わすこととなった。どうもそこで、気に入られてしまったらしい。まさか後宮へ召しあげるとの勅命が下されるとは思ってもみなかった。

黄海楼へと訪《おとず》れた使者達は、別れの言葉を告げる間も与えず、春蘭を馬に乗せて連れ去った。そのまま後宮へと連れて行かれるのかと思えば、たいそう立派な屋敷に案内された。数名の侍女達によって襦裙《じゅくん》をはぎ取られ、火傷《やけど》しそうな熱い湯で体を洗われた。代わりにと用意されたのは、裾の長いあまりにも華やかな衣裳《いしょう》で、春蘭のもっと簡素で動きやすいものがいいという主張はついぞ受け入れられることはなかった。

おかげで今も、紅色の上衣に花びらのように広がる白い下衣。腰裙《ようくん》には大輪の牡丹が刺繍《ししゅう》されたものをあわせられ、さらに金糸を複雑に編んだ腰紐《こしひも》が結ばれていた。髪も自分では解《ほど》くことができないくらい複雑に結《ゆ》いあげられ、きらびやかな簪《かんざし》で彩《いろど》られている。頭が重いと苦情を言っても、「おきれいですよ」の一言で終わってしまった。

唯一、化粧だけは頑《かたく》なに拒み、紅を軽くさすだけに留めることができた。なぜ、妃妾達は先を争うようにして、真っ白な粉を顔に塗りたくるのだろうか。未だに疑問である。

飾り立てられた春蘭は四頭立ての馬車へと乗せられ、後宮へと送られた。案内されたのは、高価な調度品で飾られた房室だった。黄玉宮《おうぎょくきゅう》の一室ですと説明を受けたが、後宮の配置がわからない春蘭は首を傾げるしかなかった。

しかし、そこで寝起きしたのは一日だけで、次の日には、さらに広く日当たりもよい房室に移動することになった。

妃妾は誰もがこのような好遇を受けるのだろうかと驚いたが、侍女頭に訊いたところわけはすぐに明らかとなった。以前、縁があって後宮《ここ》で顔をあわせた人物——黎《れい》貴《き》妃《ひ》と、宴で胎《はら》の子の性別を占った薛《せつ》昭《しょう》儀《ぎ》が、不自由がないようにと便宜《べんぎ》を図ってくれていたのだ。

後者はわかるが、なぜ前者が手を差し伸べてくれたのかは不明である。彼女にとって秘密を知る春蘭は邪魔な存在でしかないはずだ。刺客を送り込まれる可能性まで考えていたのだが、どうやら杞憂《きゆう》だったらしい。しかし、あえて放置することはせず、便宜を図ってくれたということは、なんらかの思惑があってのことか。

「それにしても、暇だ」

丸窓からは心地よい風が入ってくる。そこから見える、漆喰《しっくい》の塀に囲まれた小さな中庭は春蘭に与えられたものであり、中心に植えられた紅葉《もみじ》の木が青々とした葉を茂《しげ》らせていた。秋ともなれば色鮮やかに紅葉し、室内から風流な景色を楽しむことができるだろう。

後宮を散策しようにも、皇帝自らが春蘭を後宮に招いたことは瞬く間に広まっているようで、房室から出るだけで妃妾や宦官らの注目を浴びてしまうのだ。遠巻きにしている者はまだいいほうで、好戦的な者と顔をあわせようものなら、容赦のない言葉が浴びせかけられる。それで傷つくほどの繊細さは持ちあわせていないが、不愉快であることに変わりはない。

——それでも、皇帝に呼ばれないだけましか。

そもそも、皇帝はそういった意味で、春蘭を後宮に召しあげたわけではないのだ。春蘭は皇帝の言うところの、大魚を釣りあげるための餌《えさ》である。理由は不明だが、皇帝はさらなる強敵を求めているように見えた。

春蘭にとってもまた、後宮は安全な避難場所である。

王都から離れたところにある、小さな邑《むら》の守り神であった春蘭から〝真名《まな》〟を奪った男、鄭玄楽《ていげんらく》。目的は未だにわからないが、春蘭を捕らえて隷属《れいぞく》させ、その力を利用しようとしていることは明らかだ。

しかし、囚《とら》われていた龍神を解放するために、春蘭は本来の姿——守り神へと戻った。その際に、玄楽に居場所を知られてしまったのだ。守り神としての力を封じた春蘭では、玄楽には勝てない。その点、警備の厳重な後宮ならば、簡単に乗り込んでは来られないだろう。

「目的、か」

春蘭は天井を見上げながら呟いた。守り神の力は、人間の体には耐えられぬほど強力なものだ。たとえ春蘭を隷属させたところで、一日と持たずに玄楽は死ぬ。しかし、本人はそうと知っていて力を望んでいる。己《おのれ》の命を犠牲《ぎせい》にしてまで成《な》し遂《と》げたいこととは、いったいなんなのだろうか。

鄭玄楽は四年前まで、気術兵として禁軍に所属していた。しかし、異民族との戦で討たれ亡くなったとされている。春蘭の真名を奪ったのは、鄭玄楽本人で間違いはない。ならばなぜ、己の死を偽装したのか。

禁軍での地位も、鄭家の跡継ぎとしての立場も、親兄弟や友さえも捨て、その先になにを求めたのだろう。真名を取り戻すことが最優先ではあるが、今はその理由を訊いてみたいと春蘭は考えるようになっていた。

「――誰か居《お》るか」

考えごとに飽いた春蘭が声をあげれば、房室の外に控えていた蘭明佳《らんめいか》が姿を見せた。二十代後半の、穏やかな雰囲気《ふんいき》の女性である。美人と言うほどではないが、愛嬌《あいきょう》のある顔立ちだ。名家の出で、十の時に行儀見習いとして後宮にあがったらしい。十六の時に後宮を辞して嫁いだが、相手に先立たれ、歳の離れた男の後妻となるよりはと侍女として後宮に戻って来たそうだ。ほっそりとした体つきに、口元の黒子《ほくろ》が印象的な女性《にょしょう》である。他にも数名侍女がいるが、春蘭の傍《かたわ》らに控えているのは彼女であることが多かった。

「いかがなさいました？」

「ずいぶんと遅れてしまったが、黎貴妃殿と薛昭儀殿にお礼を申しあげたい。どうすればお会いできるのだ？」

「でしたら、まずは文を差しあげてはいかがでしょうか。私が代筆することもできます」

「直《じか》に会いに行くのは、いけないのだな？」

「はい。後宮ではよほど親しい間柄《あいだがら》であっても、不作法と取られてしまいます。おつきの侍女を通して、事前に連絡を差しあげなければなりません。初対面であるのならばなおのこと、手順を踏む必要がございます」

「そうか」

　郷に入っては郷に従え、という言葉がある。面倒ではあるが、明佳の言葉に従っていれば間違いはないだろう。黎貴妃と薛昭儀が手配してくれただけあって、今のところ春蘭を軽んじたり陥れようとしたりする侍女はいない。

「では、代筆を頼む」

「文面はいかがいたしましょう」

「ぬしに任せる」

「かしこまりました」

　侍女達を呼んだ明佳はてきぱきと指示を出し、ついでとばかりに冷めてしまった茶を淹《い》れなおす。皿の干し果実がさほど減っていないことに気づき、「水菓子をお持ちいたしますか？」と、春蘭に訊ねた。

「いや、充分だ」

　至れり尽くせりの環境は楽ではあるが、いささか居心地が悪い。一人にしてほしいと告げても、姿が見えないだけで春蘭の声が届く範囲にいて、常にこちらに意識を向けている。侍女としては当然のことなのだろうが。

「……ところで、後宮《ここ》を見て回りたいのだが」

なにかと突っかかってくる者や、こちらを値踏みするような視線は煩《わずら》わしいが、いつ何時、鄭玄楽があらわれてもいいように、後宮の内部を把握《はあく》しておきたかった。なにも知らないまま逃げ惑い、飛び込んだ先が行き止まりという事態は避けなければならない。

「お暇でしたら、なにかお気晴らしになるような物をお持ちいたしましょうか？」

「遊びたいわけではない。気晴らしに散歩したいだけだ」

「散歩、でございますか」

明佳がわずかに眉《まゆ》を寄せた。やはり、房室から出るのは歓迎されないらしい。ごたごたは極力避けて通りたいが、だからといって、いつまでも房室に閉じ籠もってばかりもいられない。

「私は命を狙われているのか？」

「いえ、そういうわけでは……」

明佳は言《い》い淀《よど》む。春蘭を気遣《きづか》って、率直な物言いを避けてくれたのだろう。

「春蘭様は、未だ後宮における位が定まっておりません。自分より上にいかれては、と思う方々に嫌がらせをされるかと」

「ふむ。具体的には？」

「……嫌なことを言われたり、お衣裳を汚されたり、でしょうか」

「嫌みは初日にたんと貰《もら》ったぞ。危害を加えられる恐れがないのであれば問題ない」

「春蘭様は、黎貴妃様と薛昭儀様が目をかけている方ですので、さすがに表立ってそこまでなさる方はいらっしゃらないかと」

「少し見て回るだけだ」

明佳の顔が葛藤《かっとう》に揺れ動く。わずかな逡巡《しゅんじゅん》ののち、苦渋の決断であると感じさせるような声で、「本当に少しだけですか？」と言った。

「約束する」

「……わかりました」

退出した明佳は、しばらくして一人の男性を伴《ともな》い戻ってきた。

「宦官の陳安世《ちんあんせい》です」

「はじめまして、春蘭様」

ゆっくりとした動作で拱手する安世は、これといって特徴のない人物だった。年齢は三十歳くらいだろうか。背は低く、明佳とさほど変わらない。体つきはふくよかで、背丈の割には大柄に見えた。

宦官は、後宮の様々な雑務に携わる存在だ。皇帝以外の男子の立ち入りを禁じる場所のため、子を為せないように体の一部に特殊な処理を施されている。三百年以上前から続く制度で、春蘭も人であった頃、噂として聞いた覚えがある。

「この者がご案内いたします」

「よろしく頼む」

春蘭がそう言えば、安世はおっとりとした仕草で「かしこまりました」と頷いた。

「では、行くか」

椅子から立ちあがると、不意に春蘭の視界がぐらりと揺れる。尻餅《しりもち》をつきそうになるが、とっさに椅子の肘掛《ひじか》けを摑《つか》み難を逃れた。

「……すまぬが、頭の飾りを少し減らしてくれぬか」

妓楼で占師として働いていた時も、思わずふらつきそうになるくらい着飾らされたものだ。まさかここでも似たような目に遭おうとは。苦笑して告げれば、明佳は慌てて春蘭の髪から大振りの簪を抜き取った。

黄海楼では、「それくらい耐えて当然」と言われたものだ。懐かしさが込みあげ、春蘭は気づかれないように唇を嚙み締めた。「しっかりするんだよ」と叱責してくれる蟬英は、もういない。

——こんな些細《ささい》なことで動揺していてはだめだ。

それにもう一人。脳裏を過る青年の姿があった。

鄭仲望《ちゅうぼう》。

玄楽の母親違いの弟で、春蘭が滞在していた鄭家の当主である。初対面は最悪の一言で、ずいぶんと怠惰《たいだ》な人間だと呆れたものだ。

でも、春蘭が後宮に迎え入れられると知って、真っ先に反対したのは仲望である。結局、春蘭に押し切られる形でしぶしぶと引き下がったが、その目には明らかに不満の色が渦巻いていた。

半ば押しかけるようにして、鄭家に居座った自分のことなど、そこまで気にかける必要なんてないのに。その反面、少しだけ嬉しいと感じてしまうものだから、人間の感情というものは不思議だ。

真名さえ取り戻してしまえば、華安に用はない。いずれにせよ、別れる運命なのだ。己にそう言い聞かせることで、春蘭は胸に湧《わ》いた未練を断ち切ったのだった。

後宮は、内装だけを見れば、身分のある者の邸宅とさほど変わりはなかった。ただ、その規模は小さな街に匹敵する。春蘭が働いていた黄海楼も房室の数は多かったが、ここは比べること自体が無意味だ。

「東西南北にそれぞれ四夫人が住まわれる離宮があり、黄玉宮はその中心に位置します。ここでは九嬪《きゅうひん》より下の妃妾様方や、下働きの女達、屋敷を持たない宦官達なども暮らしています」

安世は春蘭の一歩前を歩き、後宮の説明をする。春蘭達がいるのは、宛《あて》がわれた房室からそう離れていない回廊だ。右手には手入れの行き届いた中庭があり、季節の花が彩りを添えている。

「見事な庭園だな」

「先帝陛下のご趣味です」

「ふむ」

「それまでの後宮は、この半分ほどしかございませんでした。先帝の時代、妃妾様が増えるに従い、これほどの規模となったのです。妃妾様だけでなく、宦官や女官も今とは比べものにならない数の者が暮らしておりました」

「大変そうだな」

女同士のいがみあいもだが、後宮を維持するための資金は相当なものだったに違いない。皇帝沸儀を名指しして暴君と呼ぶ者もいるが、国民の怨嗟《えんさ》は先帝の時代から少しずつ膨《ふく》れあがっていたのではないだろうか。

「先帝の代、ここで暮らしていた者達はどうなったのだ？」

「陛下が帝位に就かれた際に、大半の妃妾は暇を出されました。たくさんの者達がふるいにかけられ、先帝陛下の時代からここに残っている方は、ほんの一握りとなっております」

安世の説明に耳を傾けながら、春蘭は中庭を眺めた。甘い花の香りに誘《いざな》われたのか、一匹の白い蝶《ちょう》がひらひらと宙を舞っていた。

「では、ぬしも先帝の時代からここにおるのか？」

「……どうしてでしょう？」

「まるで見てきたように説明するのでな。なんとなくそう感じたのだ」

間違っていたらすまぬ、と春蘭が告げれば、返ってきたのは苦笑だけだった。正解かどうか、答えるつもりはないようだ。詮索《せんさく》するつもりのない春蘭は、たまに回廊を横切っていく宦官を観察しながら辺りを見回す。

「春蘭様。こちらにどうぞ」

なにかに気づいた安世が、さりげなく春蘭の手を引く。柱の陰に隠れるように身を潜めると、突き当たりの回廊から女性の集団が姿をあらわした。誰もがきらびやかに着飾っているため、一目で妃妾であるということがわかる。

会話の内容までは聞こえなかったが、楽しげな笑い声が中庭に響いていた。春蘭達が柱の陰で息を殺していると、一団はこちらに気づくことなく去って行く。しばらくして、安世は安全を確認するように辺りを窺い、安堵の息を漏らした。

「もう大丈夫です」

「あの者達と、顔をあわせてはまずいのか？」

「いえ。ですが、できるだけ他の妃妾様方と顔をあわせないようにと、仰せつかっております」

どうやら、明佳にしっかりと言いつけられているようだ。春蘭もできれば面倒事は避けて通りたかったので、安世にすべて任せることにする。

「しかし、妙ですね。この辺りは出歩いても、妃妾様方とは顔をあわせないと思っていたのですが……」

「どういう意味だ？」

「本来ならば、この辺りは九嬪の位にある妃妾様方が住む所なのですが、ほとんどの方が別の室に移ってしまわれましてね。空き室が多いのです」

「なにか問題でもあったのか？」

春蘭が首を捻《ひね》ると、安世は困ったような顔つきで告げた。

「九嬪の間は西離宮に近いため、その主である黎貴妃様を恐れているのです。些細なことでも、黎貴妃様のご機嫌を損ねるようなことがあれば首が飛ぶ、と。これは、春蘭様には不要の心配でしょうが」

「それほどか」

「黎貴妃様にまつわる話は、大半が根拠のない噂ばかりですが、後宮では真偽のほどがわからぬ噂でも、平然と真実のように語られてしまうものなのです」

ご不快になられたでしょう、と安世は春蘭を気遣う。春蘭が黎貴妃の庇護《ひご》を受けていることを知ったうえでの配慮だろう。

「ところで、春蘭様は黎貴妃様とご面識が？」

「さて。それは私の口からは言えぬな」

春蘭は皇帝に見いだされ、後宮に召されたというのが周囲の認識だ。そこに黎貴妃との接点はない。下手に説明するよりは、適当に言葉を濁《にご》したほうが無難だろう。安世の目がうっすらと細められた。

「続きを案内してくれ」

「これ以上ですと、春蘭様の室から離れてしまうことに……」

「せっかくだ、もう少しくらいかまわぬだろう。明佳には、あとで私から謝罪しておく」

安世の説明で、後宮内部の配置、それと己に宛がわれた室の位置はだいたいわかった。しかし、逃走経路の見定めまでには至っていない。せめてもう少し、探索する範囲を広げておきたかった。

「……本当にあと少しだけですよ」

「うむ」

諦めた様子で安世は歩き出した。そのあとを、春蘭は長い裳裾《もすそ》を引《ひ》き摺《ず》りながら続く。中庭に面した回廊を抜け、辿《たど》り着《つ》いたのは幅も長さもある廊下だった。今までの人気《ひとけ》のなさが嘘《うそ》のように、そこは人々で賑わっている。

「黄玉宮で働く者達です。ここは主に裏方を担う者達の通路となっています」

「ずいぶんと忙しそうだな」

料理を運ぶ女官や、両手に巻物を抱えている宦官、洗濯籠《かご》を運ぶ下働きの女などが慌ただしく通りすぎていく。肩がぶつかるなどの出来事はよくあるようで、時折、怒号のような叫びが響いていた。街の大路《たいろ》でも見られる光景だ。

「侍女がいる限り、あり得ないこととは思いますが、もしも、他の妃妾様方に強引にどこかへ連れて行かれそうになったら、ここへ逃げ込んでください。あの方達は、人目のあるところで酷いことはしませんから」

「ここ以外ではだめなのか？」

「裏方の者がたくさん集まっている場所のほうが好ましいですね。二十七世婦《にじゅうななせいふ》以下の妃妾様方のところですと、逆に便乗しそうですので」

「確かに。私はあまり歓迎されてはいないようだからな」

「わかっておいでならば、室からお出にならないのが一番なのですが」

安世の言いぶんもわかるが、黄玉宮の配置を確認しない限り、室に閉じ籠もることはできない。春蘭は曖昧に微笑《ほほえ》み、返答を濁した。

「この回廊は、どこに続いているのだ？」

房室へと戻る途中、春蘭は脇道を見つける度に安世に説明を求めた。逃げた先が行き止まりでは意味がない。幸いにも先帝のおかげで、四方を回廊で囲まれた中庭の数は多かった。いざとなれば、屋根に逃げることもできる。行き止まりとなっている廊下さえ選ばなければ、最悪の事態は免れるだろう。

「突き当たりは下働きの者達の大部屋ですね。といっても、かなり歩かなければなりませんが。途中には書庫もございますよ」

「先ほどと似たような通路か」

後宮では、裏方の者達が通る廊下と、妃妾達が通る廊下はわけられている。裏方の者達は許しもなく妃妾の使う廊下を歩いてはならないようだ。女官や侍女はどちらも使っているが、特に侍女は自分が仕える妃妾の身分によって立ち入ることのできない場所もあるとのことだった。それは妃妾も同様であるらしい。面倒なことだ、と春蘭は思わず呆れてしまった。

「でも、最近はあまりここを使う者はいませんね」

「いない？」

「はい。大部屋から、西離宮や春蘭様が住まわれている室への近道ではあるのですが、不気《ぶき》味《み》な声が聞こえると言い出す者がいまして。気味が悪いと、みな遠回りしているそうです」

　両方の側面を壁に挟まれた廊下は、日が高いにもかかわらず夕暮れ時のように濃い影を落としている。不気味な声が聞こえると言われたら、通りたくなくなるのも道理だろう。

「なにぶん、怪談の類《たぐい》には事欠かない場所ですので」

　安世が苦笑した時だった。その廊下の奥から、けたたましい叫び声が響き、続いて小柄な少年が飛び出して来た。歳は春蘭よりも一、二歳下だろうか。可愛らしい顔立ちだが、その表情は傍《はた》から見てもわかるほど恐怖に強張《こわば》っていた。

「あ、安世様！」

　少年は安世の姿を認めるなり、助けを求めるように駆け寄って来た。顔は気の毒なほど蒼《そう》白《はく》で、袍を握り締める手も小刻みに震《ふる》えている。

「青平《せいこ》。妃妾様の前ですよ。落ち着きなさい」

　背を撫《な》でるように摩《さす》られて、青平と呼ばれた少年は涙声で頷いた。そして、春蘭に気づき慌てたように安世から離れる。

「申しわけありません！」

焦った様子で拱手する姿に、春蘭は首を傾げた。どこかで見たような顔なのだが、はっきりと思い出すことができない。

「宦官見習いの、陶《とう》青平と申します。お見苦しいところをお目にかけてしまい、申しわけありませんでした」

改めて謝罪する少年に、春蘭は気にするなと首を横に振った。

「私は李春蘭という。ところで、さっきの悲鳴はなんだったのだ？」

「ええと……」

青平はうろたえながら、許可を求めるように安世を横目で窺った。安世は溜息をつきながら、「お答えしなさい」と促す。眉を下げた青平は、肩をぶるりと震わせ口を開いた。

「廊下を通っている時、誰もいないのに声が聞こえたんです。はじめは空耳かと思ったのですが、噂を思い出してしまって」

「不気味な声が聞こえるというあれか？」

「はい」

声が聞こえた時のことを思い出したのか、青平は気味悪げに肩を震わせた。

「どんな声なのだ？」

「……よくは聞き取れませんでしたが、呻《うめ》き声《ごえ》のような――あ」

青平は思い出したように声をあげた。そして、真っ青な顔で安世と春蘭を見る。

「ど、どうしましょう。頼まれた書物を置いてきてしまいました……」

どこに、と訊くのは気の毒だろう。不気味な声に驚いて、手にしていた書物を、その場に放り投げてきたに違いない。青乎は縋るような眼差しを安世に向けた。

「あの、安世様、い、一緒に……」

「私は春蘭様を送り届けなければなりません。赤子ではないのですから、自分の蒔《ま》いた種は自分でなんとかしなさい」

「そ、そんな！」

「大丈夫ですよ。たかが声が聞こえるだけです。襲われたという話はありませんから」

そういう問題じゃないです、と青乎が涙声で訴える。しかし、安世は耳を貸す様子はなく、春蘭を促して歩き出した。

「よいのか？」

「甘やかしていては本人のためになりません」

背後からは、青乎の情けない声が響いていた。あの様子では、書物を取り戻すのに日暮れまでかかりそうだ。房室に戻ると、明佳はよほど首を長くして待っていたのか、「捜しに行くところでしたわ」と開口一番に小言を述べた。

頼んでいた文は、春蘭が出かけている間に清書が終わり、すでに黎貴妃と薛昭儀つきの侍女に渡し終えたとのことだった。

「明日にでも返答がいただけるでしょう」

「そうか。で、ぬしらはなにをはじめようとしているのだ？」

「準備でございます」

明佳は侍女を集め、招待を受けた際の衣裳の選定にかかっていた。今すぐやる必要があるのか、と疑問を口にすれば、「いつお招きを受けてもいいように、今から準備しておく必要があります」と、即答が返ってくる。

妓楼にいた際に、衣裳や髪型、飾りの重要性を嫌というほど語られたが、ここでもか、と春蘭は肩を落としたのだった。

その日の夜半、春蘭は異変を感じた。なにかに呼ばれた気がして目を開ければ、暗闇《くらやみ》の中にぼんやりと光る塊《かたまり》があった。

「……白桃《はくとう》？」

呼びかければ、真っ白い大虎が嬉しそうにすり寄ってきた。白桃は守り神である春蘭の神獣である。先代の守り神から譲り受けたため、力を封じられた今でも自由に呼び出すことができた。

「なにかあったのか？」

普段は腰紐に結わえた玉の中にいる白桃は、春蘭が呼び出すか、主の身に危機が迫った時以外に、自らの意思で外に出ることはほとんどない。警戒している様子はなく、危険が迫っているわけではなさそうだ。

「バウゥ」

　白桃は、寝台に上半身を起こしている春蘭の寝間着を口に咥《くわ》えて、軽く引っ張った。どうやら、どこかに連れて行きたいようだ。

「ふむ。なにか見つけたのか？」

「バフ」

　そうだよ、と言うように白桃は頷く。眠気はあったが、しかたなく闇の中を手探りで寝台から降りた。

「扉の外には侍女が控えている。あまり物音を立てるでないぞ」

　春蘭は卓に置いてあった燭台《しょくだい》を持つと、寝室の窓をそっと開けた。月の光に、暗闇が薄れる。中庭へと通じる窓は、小柄な春蘭が通るには充分な大きさがあった。

　白桃は心得たとばかりに跳躍《ちょうやく》し、音もなく中庭に降り立った。春蘭も縁に足をかけ、勢いよく飛び降りる。寝間着のため、襦裙よりは動きやすい。白桃の背に跨《また》がる形で着地し、片手でふわふわの背中にしがみついた。

　春蘭の準備が整うと、白桃は中庭の低木を足場に屋根へと駆け上った。夜空には雲一つなく、星々が輝きを散らしている。白桃は春蘭の言いつけを守り、足音一つ立てることなく、昼間に通った中庭へと降り立つ。夜半ということもあり、辺りは静まり返っていた。

「ここになにかあるのか？」

　春蘭の問いに、白桃は首を横に振って答えた。どうやら、目的の場所はまだ先らしい。春蘭を背に乗せたまま、迷う素振りもなく闇に包《くる》まれた廊下を奥へ奥へと進んでいく。

「……む。ここは、声がどうとかという廊下ではないか」

暗くて辺りを確認することはできないが、黄玉宮の配置を覚えていた春蘭はすぐにあの場所だと気づくことができた。

「バウッ」

白桃は躊躇うことなくその廊下を歩いて行く。恐ろしいとは思わなかったが、なぜ白桃がここへ来たがったのかがわからず、春蘭は首を傾げた。

やがて白桃はなにもない場所で脚を止めた。左右の側面は壁であり、扉も窓もない。背から降りた春蘭は、持ってきた燭台を白桃の前に差し出した。白桃が息を吹きかけると、蠟燭《ろうそく》に小さな火が灯《とも》る。

すると白桃は、前脚で壁を引っ掻《か》いた。春蘭を見て、また引っ掻く。

「壁になにかあるのか」

「バウゥ」

正解だとばかりに、白桃が頷いた。しかし、見たところなんの変哲もない白塗りの壁である。試しに手で押したり、叩いたりしてみるが変化はなかった。

「そういえば、なにか聞こえるな」

低く嗄《かす》れたような音だ。聞きようによっては、話し声のようにも取れる。だが、風の音だと言われれば頷けるほど曖昧なものだ。しばらく耳を傾けていると、その声はぷつりと止んでしまった。

「……ずっと聞こえているわけではなさそうだ」

燭台の明かりで壁の隅をくまなく照らしていると、春蘭は床と壁の隙間《すきま》に埃《ほこり》が溜まっているところと、溜まっていないところがあることに気づいた。

「そういえば、床も汚れているな」

おそらく噂に怯《おび》えた者が、掃除を怠《おこた》ったのだろう。明かりで照らしてみれば、廊下の両脇にうっすらと白く埃が積もっていた。

「ふむ」

一部分だけ埃が積もっていないというのも不自然だ。春蘭は埃のない場所から壁に沿って、ゆっくりと手のひらを這《は》わせた。すると、わずかに窪《くぼ》んだ箇所を見つける。ちょうど春蘭の視線の高さだ。そこに力を込めれば、壁はあっけなく内側に開いた。

「おお、やったぞ」

「ガウ」

白桃も嬉しげに尻尾《しっぽ》を揺らす。燭台を翳《かざ》せば、細長い通路が奥へと続いていた。突き当たりまでだいぶ距離があるのか、その先を見通すことはできない。

「隠し通路か。どこへ続いているのだろうな」

するりと体を滑り込ませた白桃が、春蘭を先導するように歩き出す。そして、壁の入口からそう遠くないところで脚を止めた。

「ここか？」

通路の側面には、扉のない土間があった。その手前で白桃は行儀よくお座りしている。愛らしい姿に、春蘭は顔を綻《ほころ》ばせた。

「どれ」

室内に入り、春蘭は燭台で辺りを照らした。そこは思った以上に狭く天井も低い。空気が淀んでいて、黴臭《かびくさ》さが鼻についた。なにもないな、と思った時だった。春蘭は隅で蹲る黒い塊に気づいた。

「人か？」

慌てて駆け寄れば、それが見知った人物であることに気づく。

「洪采《こうゎ》ではないか」

整った容貌に、癖のある髪。いつも人を食ったかのような表情を浮かべ、けっして内心をこちらに悟らせることのない青年だ。以前、華安の都を騒がせていた攫猿《かくえん》という妖《あやかし》と対峙《たいじ》した際に知りあい、以降も何度か顔をあわせることがあった。

と、同時に。

――義賊猩猩《しょうじょう》緋《ひ》。

朝廷に弓引く、逆賊と呼ばれる集団に属し、春蘭も一度、口封じのために命を狙われたことがあった。

どうやら白桃は、昼間の散策中に彼の匂いに気づいたらしい。洪采は四肢《しし》を鉄鎖《てっさ》で拘束《こうそく》された状態で転がされていた。口には猿轡《さるぐつわ》を嵌《は》められ、目も分厚い布で覆われている。

「生きているのか？」

ぴくりとも動かない相手に、春蘭は燭台を土間に置いて洪采の目隠しと猿轡を外した。きつく結ばれていたせいで、肌には赤い痕《あと》がくっきりと残っている。

「しっかりせい」

首筋に手を当てれば、微《かす》かにだが脈が感じられた。死体ではないことにほっとし、春蘭は洪采の頬を軽く叩いた。

「うっ……」

「気づいたか？」

春蘭は寝間着の袖《そで》で、顔についた汚れをきれいに拭いた。目を開けた洪采は、意識がぼんやりしているのか何度か瞬きを繰り返している。やがて春蘭と白桃の姿を認識したのだろう。双眸《そうぼう》を見開いたかと思うと、「夢か」と呟いてまた瞼《まぶた》を閉じようとする。

「寝るな。夢ではないぞ」

「いてっ。なにも叩くことないだろ！」

夢じゃねぇのか、と呟いて、洪采は寝転がった状態のままこちらを見上げた。

「ここってどこ？」

「後宮だ。黄玉宮の隠し通路にある部屋だな」

「俺は紫宝宮《しほうきゅう》の隠し通路から忍び込んだんだが……。っていうか、なんで春蘭が後宮に？」

「話せば長くなるから省くが、運悪く皇帝の目に留まってしまってな。妃妾として、後宮に入れられてしまったのだ」

「あんたなら、簡単に逃げられるだろうに」

洪采の目が白桃に向けられる。

「こちらにも事情があるのだ」

「はいはい。秘密主義はお互い様だもんな」

「ぬしは猩猩緋の任務か？」

「そんなとこ」

「気術士でもあるぬしが、どうして捕まってしまったのだ？」

春蘭にとっては信じられないことだが、心臓近くに媒体となる〝玉〟を埋め込むことによって、地脈から気を吸いあげ、己の肉体を強化することができると聞く。現に洪采は、兵士が束になっても敵《かな》わなかった妖と互角の戦いを演じた。

「絡繰《からく》りってやつ。気づいたら部屋に閉じ込められて、薬を嗅がされてた」

「なるほど。尋問は受けなかったのか？」

春蘭の問いに、洪采は首を横に振った。

「縛られて、ここに入れられただけだ。捕まってからたぶんそんなに経ってねぇし、これからかもな」

「ふむ。助けてやりたいのはやまやまなのだが、さすがに白桃の牙《きば》でも鉄鎖は食《く》い千切《ちぎ》れぬ」

木枷《ぼくが》であればなんとかしようもあったが、洪采の四肢を拘束するのは鉄でできた鎖《くさり》だ。手首と足首の部分に筒状の鉄輪《かなわ》が嵌められており、そこから壁へと鎖が延びていた。

「ぬしを捕らえた者に、心当たりは？」

「さぁ。隠し通路の先でなにが行われているのか、探れっていう話——って、危ねぇ。うっかり話しちまうところだった」

「もう話しているではないか」

しかし、隠し通路の先か、と春蘭は心の中で呟いた。探ってみたい気もするが、洪采のように捕まってしまっては元も子もない。しかし、紫宝宮の隠し通路となれば、皇帝本人か、それなりの官位にある者がかかわっているとみて間違いはないだろう。

「長居は危険だな。また、暇をみて来る」

「次も無事でいるとは限らないけど」

「自分で言うでない。次に来た時に持ってきて欲しいものはあるか？」

「……あー、短刀があれば」

「わかった。手に入るかどうかはわからぬが、覚えておこう」

春蘭は、目隠しと猿轡を元に戻した。

「では、またな」

もう少し情報を引きだしたかったが、いつまでも寝室を留守にするのは危険だ。春蘭がいないと知れば侍女は騒ぎ立てるだろう。白桃を連れて廊下に戻り、音を立てないように扉を元に戻す。

　白桃の背に乗った春蘭は、誰に見咎《みとが》められることなく無事に房室へと辿り着いた。

　翌日のことである。昨日の今日では、さすがに外へ出たいという春蘭の願いは叶えられなかった。手持ちぶさたに、揺り椅子に座りながら中庭を眺めていると、青乎が芍薬《しゃくやく》が生けられた花瓶を持って春蘭を訪ねてきた。

「昨日はお見苦しいところを御覧に入れて、申しわけありませんでした。これは安世様からです」

「綺麗《きれい》なものだな」

「今日は室からお出になられないでしょうから、と」

　安世はずいぶんと気が利《き》く人物のようだ。それとも後宮暮らしが長くなると、この程度の配慮は朝飯前なのだろうか。

「どこに置きましょうか？」

「そうだな。卓の上にでも置いてくれ」

　慰《なぐさ》めに、と贈られた花はそれだけで室内を華やかに彩ってくれた。微かに漂う芳香も、春蘭の気持ちを穏やかにする。と、そこで春蘭はあることを思い出した。

「ところで、ぬしとはどこかで顔をあわせなかったか？」

唐突な問いに、芍薬を生け直していた青平が驚いたように顔を上げる。

「え、奇遇ですね。実は私も妃妾様とは、どこかでお会いしたような気がしていました」

「ふむ」

青平の全身をじっくりと眺め回すが、答えはでない。それは青平も同じ思いのようで、手を動かしながらもしきりに首を傾げている。

「まあ、その内に思い出すだろう。そういえば、青平は置いてきた書物をちゃんと取り戻せたのか？」

春蘭の前で見せた醜態《しゅうたい》を思い出したのか、青平は頬を赤く染めたあと、消え入りそうな声で「……はい」と返事をしてみせた。

「噂の声とやらは、どれくらい前から聞こえはじめたのだ？」

「正確な日まではわかりませんが、確か、今年に入ってからだと聞いています」

「ふむ」

それは春蘭が真名を奪われるよりも前になる。

「誰か原因を突き止めようとした者はいないのか？」

「聞いたことはございません。そこを通らなければいいだけのことですから」

「どのような声だったのだ？」

「えっ。ど、どのようなと言われましても……」

「色々とあるだろう。男か女か、途切れ途切れなのか、それとも念仏のようなものなのか」

青平は少し考えてから答えた。

「遠くのほうから聞こえてくるといった感じでした。あとは……おそらく声のぬしは、男性かと。あ、でも、一人ではないような気がしました。複数人が集まって、ぼそぼそと話しているような感じですね」

「話し声のようなものか」

「じっくりと耳を澄ませたわけではないので……。申しわけありません」

「気にすることはない。そうだ、気晴らしに話し相手になってはくれぬか？」

「私でよろしいのですか？」

「ここは大人ばかりで、気後れするのだ」

ふぅ、と溜息をつけば、同情的な眼差しが返ってきた。幼い外見も、たまには役に立つらしい。明佳や安世らでは言葉を濁すようなことも、後宮に仕えてまだ日が浅そうな青平ならばうっかり口を滑らせてくれるかもしれない――という打算も込めての話し相手である。

「私は後宮には疎い。先達として、色々と教えてくれ」

第二章

幾夜、後悔したところで朝は変わらずにやってくる。眼前まで迫った剣の切っ先を、鄭《てい》仲望《ちゅうぼう》は既《すんで》のところで撥《は》ね除《の》けた。その勢いで反撃を試みるが、あっさりと受け流されてしまう。

鄭家の中庭に、激しい剣戟《けんげき》の音が響き渡った。

「遅い！　足許がふらついてるぞ！」

「くっ」

容赦のない叱咤《しった》が飛ぶ。韓楊秀《かんようしゅう》は、迷いのない剣捌《けんさば》きで仲望の剣を撥ねあげた。重い音を立てて、剣が地面に転がる。

「これで五勝目だ。ずいぶんともつようにはなったが、まだまだだな」

額に滲んだ汗を短服の袖で拭《ぬぐ》った楊秀は、精悍《せいかん》な顔に笑みを浮かべてみせた。

服の上からでもわかる鍛《きた》え抜かれた肉体は、いくら挑もうとも疲れを知らないようだ。鍛《たん》錬《れん》を再開して、ようやく体が引き締まってきた仲望とは雲泥の差である。右目を覆う前髪を払い除け、仲望は肩で息をついた。撥ねあげられた剣を拾い鞘《さや》に戻す。もう一戦、と粘りたい気持ちはあったが、己の体力にも限界があり、禁軍に所属している楊秀にも仕事があった。

「わざわざすまないな」

「一人で剣を振るうよりは、相手がいたほうがいいだろう。こっちもいい運動になる」

「そう言ってもらえると助かるよ」

回廊の床に座り、準備しておいた竹筒から茶器に水を注ぐ。それを一気に飲み干して、仲望は溜息をついた。ほどよく冷えた水が、体の火照《ほて》りを冷ましてくれる。庭というよりは、畑として開墾されてしまった中庭を眺め、仲望は口を開いた。

「猩猩緋《しょうじょうひ》の動きが、華安《かあん》でも活発になっているみたいだな？」

「ああ。かなりの人数を捕らえたが、残念なことに下っ端ばかりだ。肝心《かんじん》な情報は知らされていない。隠れ家の場所を特定しても、踏み込んでみればもぬけの殻。紅主《こうしゅ》に繋《つな》がる手掛かりすら摑ませてはもらえん」

猩猩緋の首領は、謎に包まれた存在だ。〝紅主〟と呼ばれている以外、容姿、年齢、性別すらも不明。実在しないのではないかという噂さえある。

「それに、ここ最近、官吏が猩猩緋と思われる輩《やから》に襲われる被害も相次いでいる。いよいよ、宮中に攻め入るのではないかという話だ。おかげで、理由をつけて出仕を渋る官吏が出ているらしいぞ」

「流行り病が収まったかと思えば、今度は猩猩緋か。忙しいことだ」

「そういえば、今まで日和見《ひよりみ》していた者達が、少しずつ公子派に流れているようだぞ」

「……太子の病は、未だ回復の兆しはないのか？」

東都《とうと》に派遣されていた太子博焚《はくたく》が、病を理由に華安に戻って来たのは今年に入ってのこと。暗殺を恐れ雲隠れしているが、先の宴にも姿を見せることはなかった。故に、重病説が囁《ささや》かれはじめている。

公子祥安《しょうあん》はまだ幼いが、皇帝は壮健で、母親である黎貴妃《れいきひ》はその寵愛を一身に受けていた。様子を窺っていた者達が、ここぞとばかりに公子派に流れるのも当然といえよう。

「ああ。重病というのも、あながち間違いはないようだ。近々、均衡が崩れるとみて間違いはない」

「太子派はどうしてる？」

「あそこはもともと結束が固いからな。花中書令《かちゅうしょれい》を中心にまとまりを見せ、未だ離反者を出してはいない。そこは太子の人徳といえよう」

ただ、と楊秀は難しげな表情で続けた。

「不利な状況に変わりはない。せめて、太子が人前に姿をあらわし、健在であることを証明すれば話は変わってくるが。花中書令もなんらかの手に打って出るかもしれぬ。巻き込まれぬよう、気をつけるのだぞ」

「わかってるさ」

仲望は上司でもある花興奏《こうそう》に恩はあるが、だからといって命運をともにしようとは思わない。そもそも太子派だの、公子派だのと、国の行く末を左右するような大事にかかわるのは荷が重すぎる。

「韓家はどうする？」

「……私はどちらにも肩入れするつもりはない。太子派が勝っても公子派が勝っても、韓家は冷遇されるかもしれないが、そこは地味に実績を積んでいくつもりだ」

腹は決まっているようだが、楊秀は眉を寄せたまま地面を睨《にら》みつけていた。

「禁軍の将軍達は、どうするつもりなんだ？」

「話しあいの結果、内乱の激化を防ぐために、全員が中立ということで意見はまとまった。そもそも禁軍は陛下直属。命令があれば、太子だろうがなんだろうが捕縛しなければならん。異論のある者は、軍を辞すだろう」

「皇帝と太子の仲は、最悪だからな」

太子派にとって、最大の難関は皇帝の存在だ。太子と皇帝は、血の繋がった親子にもかかわらず冷え切った関係を続けている。

太子が東都へと追いやられたのも、皇帝への諫言《かんげん》が原因だった。度重なる後宮の増築や、離宮の建設。民に課せられた税は、年々その重さを増すばかり。このままでは民が疲弊《ひへい》してしまうと、廃嫡《はいちゃく》覚悟で直訴したらしい。

「しかし、不可解な点もある。陛下が禁軍を動かせば太子派は終わる。理由など後づけでも問題はない。それを沈めるだけの力を陛下はお持ちだ。問題なのは、陛下がそれをわかっていて静観しておられることだ」

皇帝は今のところ動く気配を見せない。太子派と公子派の駆け引きを、静かに観察しているだけだ。

「太子派がある程度、固まったところで叩く腹積もりかとも思ったが違うようだ。まるで太子が牙を剝《む》くのを待っているような――いや、これは考えすぎか」

そこでふと楊秀は、思い出したように仲望を視《み》た。

「仲望。春蘭《しゅんらん》のことだが」

「わかっている」

自分に背を向け、皇帝の使者に連れられて行った少女。

春蘭が唯々諾々《いいだくだく》と従ったのは、妓楼や仲望に迷惑をかけるからということもあるが、一番の理由は、後宮が堅牢《けんろう》な檻《おり》だからだ。厳重な警備は、春蘭を守ってくれる。鄭家や妓楼に留まるよりも、そのほうが安全だと判断したのだ。だが、頭でわかっていても、受け入れることは難しかった。

「……今の俺では、どうすることもできない」

春蘭のために真名《まな》を取り戻してやることも、兄から守ってやることも。せめて禁軍にいた頃の実力があれば、と幾度《いくど》悔やんだことか。

しかし、現実は厳しい。怠惰にすごした日々のつけが、今になって回ってきたのだ。自業自得という言葉が脳裏を過る。それでも、春蘭を諦めることはできなかった。ならば限界まで足掻《あが》くしかないだろう。いざという時、今度こそ守れるように。

「春蘭については、後宮での様子がわかるように伝手《つて》を探してみる」

「すまん」

「なに、親友の嫁が盗《と》られたのだ。黙って見ているわけにはいかんだろう」

笑いながら膝《ひざ》を叩いた楊秀は、剣を片手に立ち上がった。

「まだ戻るまで余裕がある。もう一度、手合わせするか」

「いいのか？」

余裕がある、と楊秀は言うが、いつまでも将軍が不在のままでは副官が困るだろう。今日は報告がてらに顔を出しただけで、仲望が手合わせを望まなければここまで長居はしなかったはずだ。

「忙しくなれば、顔を見にも来られなくなるからな。なに、戻っても待っているのは不機嫌な副官と、大量の報告書だ。あと少し遅れたくらいでは、なにも変わらんさ」

休息というには短い時間だったが、仲望は躊躇《ちゅうちょ》なく立ちあがった。足許はふらつくが、まだ限界ではない。しかし、鞘から剣を抜こうと柄《つか》に手をかけたところで、回廊の奥から忙しない足音が響いた。

「旦那様！」

走ってきたのは、鄭家の家僕である高友寧《こうゆうねい》だった。今年、十三になった少年は、優しげな容貌に不安の色を滲ませていた。今まで洗い物をしていたのだろう。着古した短服に巻いた前掛けで手を拭きながら、駆け寄ってくる。

「あの、門前に花家の使いの方がいらしてます」

〝花家〟の言葉に、仲望は眉を曇《くも》らせた。今もっとも聞きたくない家名である。見れば楊秀も顔を顰《しか》めていた。

「お断りしますか？」

「いや、いい。いつまでも待つと言われそうだ」

自分のよく知るあの上役ならば、どれだけ粘ってでもかまわないから、必ず連れて来いと命じているだろう。溜息をついて剣を鞘ごと友寧に渡し、外出の準備を頼む。友寧の姿が見えなくなったところで、楊秀が仲望の肩を叩いた。

「私も行こう」

「いや、止めたほうがいい。この時期に、お前が花家に入るところを見られたら面倒なことになる」

楊秀は中立の立場を貫《つらぬ》くと言ったが、裏で太子派に通じているのでは、と勘繰る者がいないわけではない。楊秀の不用意な行動は、疑心暗鬼を生むだろう。下手をすれば一つにまとまっている禁軍に、一石を投じる結果になりかねない。

「俺は出仕すらしていないからな。太子派に転んだと噂されても問題はないさ」

「やれやれ。お前が思っている以上に、お前の存在は大きいぞ。出仕する度に突っ掛かられるのは、閑職《かんしょく》にあっても、それだけ影響力があると恐れられているからだ」

「……みんな幻《まぼろし》でも見てるんじゃないか？」

肩を落とした仲望は、着替えをするべくゆっくりとした足取りで自室へと向かった。誰かに求められるほど、自分は有能な人間ではない。みなが言うような人物だったならば、春蘭を助けることも容易《たやす》かったに違いないのだから。

久し振りに訪れた花家は、以前よりも閑散《かんさん》としていた。どこがどう違うというわけではないのだが、屋敷全体が沈んでいるような印象を受ける。

俥《くるま》を降りて案内されたのは、見事な庭園を望むことのできる客室だった。花家を訪れるのは、攫猿《かくえん》の件以来である。

「ただいま、主を呼んでまいります」

仲望は椅子には座らず、窓辺に立った。長居するつもりはない。

眼前に広がる庭園は、手入れの行き届いた立派なものだった。広い池には色鮮やかな鯉《こい》が泳ぎ、季節によって様々な色を添える低木が秩序をもって植えられている。ちょうど芍薬が美しい時季で、至るところに薄桃色や赤紫色の花を咲かせていた。

規模こそ違うが以前は、鄭家の庭にも見られた光景だ。怪我《けが》が元で禁軍を辞した時、屋敷に残ったのは家僕の少年達だけだった。彼らでは庭の手入れまでは難しく、職人を頼むような余裕もない。だから潰して畑にしてしまった。

昔を懐かしんでいると、廊下に人の気配を感じた。仲望を呼びつけた本人、花興奏が室内に入ってくる。

「むりを言ってすまなかったな」

「ええ」

仲望はへりくだることなく、素直に頷いた。

顔をあわせたのは、宮中で行われた宴以来だが、その間に、興奏の体は一回り縮《ちぢ》んでしまったように見える。

仲望の知る興奏は、どれほどの逆境にもめげずに立ち向かっていくような人物だった。あの皇帝相手にも、一歩も引かぬといった気概を見せつけたほどである。それが、今はどうだろうか。諦めてはいない。だが、中書省《ちゅうしょしょう》を束ねる者としての職務と、太子派筆頭としての重責が、興奏の体に重くのし掛かっているのだろう。気を張っているのだということが、仲望から見てもよくわかった。

「今日はどのようなご用件でしょうか？」

「そう急《せ》くな。ようやく屋敷に戻って来たのだ、少し休ませてくれ」

自分が帰ったあとで思う存分休めばいいでしょう、という皮肉を仲望は口に出さずに呑み込んだ。今の興奏には、あまりにも酷な言葉だ。椅子に座った興奏は、侍女が運んできた花茶を一息に飲み干した。

「そういえば、韓将軍を相手に鍛錬をしているそうだな。いったいどんな心境の変化だ？」

「ただ体を鍛えたくなっただけです」

「なんの理由もなく、か」

「ええ」

興奏は興味深そうに目を細めた。仲望は居心地の悪さを感じたが、素知らぬ顔で頷く。

「理由もなく、朝から晩まで鍛錬を？」

「いけませんか」

「悪くはない。体を鍛えるのはいいことだ。なに、少し気になったものでな」

確かに、今まで出仕すらせず怠けていた部下が、急にやる気を出したとなれば、上司として気になるのも当然だろう。だが、興奏には関係のない話だ。それを、こうも含みのある言いかたで訊かれると、なにかあるのではと勘繰ってしまいそうになる――いや、十中八九、含みがあるのだろうが。

「先日、妓楼から後宮に召された娘がいたな」

「…………」

「名は李《り》春蘭といったか」

仲望は悟られないように、官服の下で手をきつく握り締めた。春蘭の名が出たとなれば、次に持ち出されるのは――。

「単刀直入に訊く。お前は、あの娘を取り戻したくはないか？」

「どういう意味です？」

「自分の嫁にと育てていた娘を、陛下に盗られたのだ。取り返したいと思うのが当然だろう。娘も、お前の助けを待っているとは思わんか？」

告げられた言葉に、仲望は眉を寄せた。まさか、興奏がここまで直接的な物言いをするとは思ってもみなかった。

今までの興奏は皇帝に対する不満を滲ませてはいたが、あくまでも仲望の反応を見る程度に留まっていた。それが、今は確実に皇帝への不満を口にし、同意を求めている。自宅ということで気を緩《ゆる》めているのか、それとも仲望が同調するという確信があるのか、いずれにせよ興奏の態度は今までにないほどあけすけとなっていた。

しかし、嫁か、と仲望は顔に出さずに苦笑した。春蘭が鄭家に留まっていたのは、奪われた真名を取り戻すためでしかないのに。勘違いの発端は楊秀だが、面倒だからと自分もあえて否定しなかった。それがまさか、興奏にまで伝播《でんぱ》するとは。

仲望は慎重に言葉を選びながら告げた。

「花中書令には関係のないことです」

「泣き寝入りするしかない部下を、上司として助けたいと思ってはいかんか」

これほどまでに説得力の乏しい言葉もないだろう。興奏の言い分は強引である。その裏に隠された意図は明白だ。

「なにを言いたいのですか？」

「簡単なことだ。手を組まぬか、と言っておる」

「太子派に与《くみ》せよ、と？」

「そうだ。太子に忠誠を誓わずとも、協力さえしてくれればよいのだ。太子が皇帝となったあかつきには、わしが責任をもって娘を取り戻してやろう」

「せめて太子本人からのお言葉でもなければ、考慮する気にもなれませんね」

それ以外に春蘭を取り戻す方法がなかったとしても、興奏の取引はあまりにも馬鹿げている。たとえ仲望が太子派に協力したところで、劣勢を覆《くつがえ》すことは不可能だろう。それをわかっていてなお、協力を求める興奏の姿勢に仲望は疑問を覚えた。

「太子は壮健であらせられる」

「ご本人にお会いになったのですか？」

「太子は病と偽り、身を隠されているのだ。定期的に届く文は、間違いなく太子の筆跡である」

力強い口調で断言した興奏だったが、仲望はどうしてか違和感が拭えなかった。太子派の筆頭である興奏でさえ、その本人と面会をしていない。むろん、暗殺を警戒してのことだとは思うが、興奏はそこまで太子からの信任を得ていないのではないかと勘繰りたくなる。

「約束は守る。娘のためにも太子派に入れ」

「……春蘭の名を出せば、俺が靡《なび》くと思いましたか？」

唇から漏れた声は、思った以上に低かった。世の中はきれいごとばかりではない。むしろ、権力が絡めば絡むほど、醜《みにく》い取引が行われていたはずだ。だが、仲望の知る興奏は、清濁併《あわ》せ呑みながらも、けっして揺らがぬ芯《しん》のある人物だった。己の部下に、脅迫紛《まが》いの取引を持ちかけるような人ではなかった。

追いつめられると人というものは、こうも変わってしまうものなのか。

「お断りします」

わずかに繋がっていた縁を断ち切るように、仲望はきっぱりと告げた。

「私は、私の力で彼女を守ります」

豪語はしたものの、今の仲望には春蘭を守れるほどの力はない。それでも、断言せずにはいられなかった。

「花中書令。お話がここまでならば、私は屋敷に戻ります」

「……そうか。気が変わったなら、いつでも訪ねてきてくれ。歓迎する」

返答はせず、仲望は戸口に向かった。そこでふと、屋敷の中が異常なまでに静まり返っていることに気づく。

「人の気配がありませんね」

「姪《めい》達を、東都の親戚に預けたからな。静かなのはそのせいだろう」

「なぜ、わざわざ地方に？　華安《ここ》に置いたほうが安全では？」

華国《かこく》の都、華安は禁軍や都を守る龍乎《りゅうこ》のおかげで、比較的、治安が守られている。流行り病によって一時的に暴動なども起こったが、今は以前の活気を取り戻しつつあった。その逆に、地方は行政の目が届き難いことから、じょじょに治安が悪化し、特に西の辺境は無法地帯になっていると聞く。東都は華安に次ぐ都で、まだ治安は守られているが、それがいつまでも続くという保証はない。

承知の上で、あえて華安から出したというならば考えられることは一つ。興奏は――太子派は一か八《ばち》かの賭《かけ》に出ようとしている。万が一、失敗した際に姉妹を犠牲にしないため、地方に逃がしたのだ。これで興奏になにかあれば、姉妹はお供の者達と姿を晦《くら》ますだろう。

「かなりの数の猩猩緋が華安に入り込んでいるという情報があった。いつなんどき、この屋敷が襲われるかもわからん。ここに留まるよりは、遥かに安全だろう」

興奏の説明に、仲望は内心で首を傾げた。猩猩緋がこんな見るからに警備兵の多そうな屋敷を狙うものだろうか。いくらなんでも、襲撃する官吏の情報くらい事前に調べておくだろう。

「そうでしたか。確かに、おっしゃる通りかもしれませんね。では、私はこれで」

そうそうに会話を打ち切ると、今度こそ仲望は花家をあとにした。今までにない興奏の強引な態度に、不審を感じながら――。


花茶の残りを口に含み、興奏は溜息をついた。予想していたとはいえ、完全な拒絶に苦笑いが零れる。どこまでも真《ま》っ直《す》ぐな男だ。だからこそ、太子の傍らに相応《ふさわ》しいと思ったのだが、願いは潰《つい》えてしまったらしい。

皇帝の圧倒的な権力に大切な者を奪われ、己の無力さを痛感している、そこにつけ込む算段だったのだが。姑息《こそく》な手段を用いてまで根回ししたが、それも無駄に終わったようだ。せめて太子本人に会わせることができたのならば、話は違ったかもしれないが、と興奏は肩を落とした。自嘲《じちょう》しながら振り向けば、意地の悪い笑みを浮かべた男と目があった。

「失敗したようですね」

「もとより望みは薄かった。しかたない」

「あいつも頑固ですから」

「父親に似たのだろう」

遠慮なく興奏の真向かいの椅子に座ったのは――鄭玄楽《げんらく》だった。

華国では見慣れない赤銅色の髪と瞳。仲望と半分とはいえ血が繋がっているようには見えない。性格を知れば、より強く感じることだろう。薄汚れた短服姿は壮麗な禁軍の甲冑《かっちゅう》よりも、この男らしさを引き出しているように見えた。

野性味のある端整な容貌に笑みを浮かべた玄楽は、卓に用意してあった干し葡萄を無造作に口に入れた。

「……未だに信じられん」

「まあ、死人がいきなり訪ねてきたんですから、当然の反応ですよ」

玄楽は四年前に起こった西奴《せいど》の役《えき》で戦死したはずだった。

異民族との抗争にしては規模も大きく、遺体が見つからなかった雑兵も多かった。しかし、玄楽は禁軍でも高位にあった。手柄次第では、将軍職への抜擢《ばってき》もあり得ただろう。故に、捜索は雑兵とは違い念入りに行われた。それでも遺体すら見つけられなかったことから、〝戦死〟として処理されたのである。

　死んだと思っていた男が、なんの前触れもなく花家にあらわれたのだ。しかも、太子博焚からの文を携えて。実は生きていたのだと言われても、そう簡単に納得できることではない。

「博焚様の病は、本当に回復したのだろうな？」

「ええ。文にはそうあるはずです」

「確かに……。しかし、お前がよりによって猩猩緋の一員になっているとは」

　本来ならば、こうして言葉を交わしている時点で興奏は国を裏切ったことになる。猩猩緋に通じた反逆者として処罰《しょばつ》されてもおかしくはない。頭痛を堪えるように頭を振った興奏は、干し葡萄を摘《つま》む玄楽に視線を戻した。

「なぜ、猩猩緋が太子派につくのだ」

「我々としては、皇族の血を根絶やしにするわけにはいかないんですよ。新しい王朝を興《おこ》すとなれば、大勢の民が犠牲となる。ならば、上に立つ者の首をすげ替えればいい。幸いにも、博焚様は賢君の資質がある。あの方が帝位に就き、その周囲を信の置ける官吏で固めれば、数年もせずにこの国は持ち直します」

「博焚様は、皇帝陛下を弑逆《しいぎゃく》するつもりか？」

「興奏様としては、幽閉《ゆうへい》なさりたいんでしょうけれどねぇ」

　道徳的に、子が親を害するのは不徳とされる。それがどれほど人道に反した親でもだ。

　だが、相手は皇帝でありながら、年を経た今でも気術兵としての衰《おとろ》えを見せない。気術兵は、胸に埋め込んだ玉を介し、地脈に流れる〝気〟を用いることで肉体の強化を可能にする。特に皇帝は、〝気〟の巡りがよりよいとされる龍玉を用いたため、通常の気術兵ですら太刀《たち》打《う》ちできないほどの強さを誇る。

　同時に〝気〟が体内の不浄なものをすべて無効化してしまうため、毒や薬で意識を奪うことも難しい。しかし、そうと知りながらも、太子派としては皇帝を幽閉する以外の選択肢を持てずにいた。

「なら、その問題も解決しますよ。猩猩緋が皇帝を殺せばいい」

「そう簡単にいくとは思えん」

　猩猩緋がどれほどの手練《てだれ》を抱えていようが、相手は百戦錬磨《れんま》の皇帝だ。目の前の玄楽でさえ、太刀打ちできる相手ではない。

「ですが、公子派に押されている現状では、それ以外に有効な手があるとでも？」

　興奏は返す言葉がなかった。日に日に公子派は勢力を増していくが、太子派はそれに対し有効な手立てを打ち出せてはいない。それどころか、まったく姿をあらわさない太子に、本当に病に罹っているのではと勘繰る者も出て来る始末。一枚岩と褒《ほ》めそやされたところで、それは太子あってのこと。

「同盟の件は了承していただけますよね？」

　興奏は口を閉じた。太子からの文には、猩猩緋との同盟を推奨する旨が書かれてあった。むろん、玄楽が強制して書かせたのではないか、という危惧《きぐ》もある。しかし、その反面、猩猩緋の有する兵力は興奏がのどから手が出るほど欲しているものだ。禁軍の将への勧誘はことごとく失敗に終わった。公子派に靡く者がいなかったのは幸いだが、そもそも禁軍は皇帝直属の兵だ。中立だからと言って安心はできない。

「陛下はどうする」

「こちらに任せていただければ」

「信じてよいのだな？」

「もちろんです」

興奏は呻いた。どれほど民から慕《した》われようとも、親殺しを行った太子には、〝簒奪《さんだつ》〟という罪が生涯ついて回るのだ。だが、その親殺しを行ったのが猩猩緋だったとすれば、少なくとも太子の名に傷がつくことはない。

「わかっているとは思うが、宮中の警備は厳しいぞ」

「だからこそ、強い権力を持つあなたの協力が必要なんですよ」

今のままでは、確実に太子派が負ける。起死回生の一手が必要だということは、興奏も嫌というほどわかっていた。

――猩猩緋をその手段として使う。

中書令ともあろう自分が追い詰められたものだと、興奏は皮肉げに口の端を持ち上げた。

「いいだろう。ただし太子のことはなにがなんでも守り通せ」

「もちろんです」

この決断が吉とでるか凶とでるか。

後宮に召されたあの娘ならば、占うことができるだろうか――。


深夜、怪我を負って休んでいた応槍幽《おうそうゆう》の元に来客があった。

槍幽は猩猩緋の一員である。猫背気味に背を丸めるのが癖で、容姿は平凡。年齢は三十だが、服や髪型を変えれば、二十にも四十にも見えた。

槍幽が身を置くのは、華安の花街《はなまち》にある隠れ家の一つだ。表向きは妓楼だが、内部に隠し部屋を有している。楼主も猩猩緋の一員で、妓女の中にも情報収集を目的とした仲間が潜んでいた。

「怪我をしたのか？」

室内に入るなり、鄭玄楽は槍幽の上半身に巻かれた包帯を見て訊いた。

怪我に障りがないようにと、寝台には厚手の布が二重に敷かれ、すぐ傍の卓には冷えた水差しが置かれている。今は夜だが、通気口代わりの天窓を開ければ、日差しを室内に入れることもできた。

「では、私はこれで」

艶《あで》やかに微笑んだ妓女は、槍幽と玄楽に一礼して室を出て行った。玄楽はその背を名残惜しそうに眺め、溜息をつく。

「俺も一度でいいから、こういう隠れ家でのんびりと暮らしてみたい。今日なんて、隠れ家巡業で足が棒のようだぜ」

「負傷して、たまたまここが空いていたら運び込んでもらえますよ」

「……遠慮しておこう。で、それはどうした？」

「龍乎にやられました。一人、しつこい男がいましてね」

槍幽がここに運ばれたのには理由がある。左肩に大怪我を負った槍幽は、すぐに治療する必要があった。この妓楼には雇われ医師がいて、薬の種類も豊富に用意されている。医師も猩猩緋の一員であるため、口止めする必要もない。

「まあ、動けないほどではありません。私のことも、気にせず戦力として数えてください」

「そのつもりだ。悪いが、またすぐに働いてもらうことになる」

「で、そちらの首尾は？」

「花中書令がこちらについた」

にやり、と玄楽が笑った。予定通りということか、と槍幽も頷く。花中書令を取り込めたことは大きい。これで宮中への襲撃が、格段に楽になる。

「それほどまでに、太子派は押されているということですか」

「まあな」

「こちらも報告があります。複数の隠れ家が禁軍に押さえられました。事前に知らせがあったので逃れることはできましたが、残る隠れ家は満杯ですよ。早急に、どこか別の場所を確保する必要がありそうです」

「わかった。すぐに手配する」

「それと悪い知らせがもう一つ。洪采《こうわ》殿が行方知れずとなっているそうです」

「あいつが？」

玄楽にしては珍しく、驚きに目を見張った。

「配下の方々が、血眼《ちまなこ》になって捜しています。なんでも紫宝宮《しほうきゅう》に忍び込んだあと、ぱたりと姿を消したとか」

「……兎天《うてん》の命令か」

「おそらくは」

槍幽達の上役は鬼面で顔を隠し、他者と馴《な》れあうことを好まない。年齢も不明で、女にしては低めの声から男ではないだろうかと、推測できる程度だ。身内に対する情というものが一切なく、必要とあれば躊躇なく仲間を見殺しにするような人間だった。だからこそ、彼からの命令は慎重にこなさなくてはならない。

「よりによって宮中か……」

「さすがに今は、どこも警備は厳重ですからねぇ」

無事だといいのですが、と槍幽は仲間の身を案じる。宮中で姿を消したとすれば、捕らえられた——下手をすれば殺された可能性もある。

「見捨てはしねぇよ。あいつは俺の弟子だからな」

「お願いします」

「お前は次の指令があるまで、休んでな」

「そうさせてもらいますよ。朱緋《しゅひ》殿はこれからどこに？」

〝朱緋〟とは、玄楽の偽名である。古いつきあいの槍幽は、玄楽が己の死を偽装する際に手伝ったという経緯もある。紅主の右腕として、朱緋は数々の手柄を立ててきた。その地位は兎天にも匹敵する。

「花中書令のことを報告しに、紅主のとこだ」

猩猩緋の一員であっても、首領である紅主の顔を知る者は限られている。玄楽と兎天、それから護衛を担う一部の者達だけ。古参の自分ですら、御簾《みす》越しに数回、言葉を交わしただけだった。

「いよいよですか」

「ああ。宮中を襲撃し——皇帝を殺す」

それこそが、猩猩緋の悲願と言えよう。

槍幽自身もまた、皇帝に恨みを抱いている一人だ。地方の農民だった両親は、重くのしかかる税を払えずに、泣き叫ぶ姉を人買いに売った。姉は隣邑《となりむら》の男に嫁ぐはずだった。その翌年、父親は離宮を建設するための賦役に取られ、母親も病を得て伏せりがちとなった。

必死に働きながら母親の看病を行っていた槍幽も、しばらくして賦役に取られることとなった。隣人に母を託し、命じられるがまま働くこと数年。ようやく賦役を終えて故郷に戻ればすでに母は亡くなったという。

人買いに売られた姉の行方も知れない。檜幽の中で、なにかが壊れた。皇帝だ。なにもかも、皇帝が悪い。だから、風の噂で聞いた義賊に躊躇いもなく身を投じた。もう失うものはなにも残っていなかった。

玄楽の力強い声に、体が震える。

「だからって、あんまり気負うなよ」

「わかっていますとも」

「洪采のことは、こっちに任せろ。あいつもなくてはならない戦力だ。ここで失うわけにはいかない」

「お願いします」

軽食を取ってから、隠れ家である妓楼を出て行った。それを寝台から見送り、檜幽は息をつく。怪我の痛みに眠れぬほどだったのに、今は不思議と高揚感が勝っている。

「ようやくだ……」

志半ばで逝った者も少なくはない。誰もが大なり小なり、皇帝へ――この荒廃した世に恨みを持っていた。自分もいずれ託す者になるのかと、何度、覚悟したことか。

それが今、報われようとしている。

怪我を治すためには、少しでも眠らなければならないのに、睡魔が訪れる気配はいっこうになかった。

第三章

興奏《こうそう》と会った翌日。客間とは名ばかりの、調度品一つない殺風景な一室で、楊秀《ようしゅう》から告げられた言葉に仲望《ちゅうぼう》は絶句した。

「また宴だと？」

「ああ」

対する楊秀も、渋い顔つきで頷いた。縄を丸く編んで作られた円座《えんざ》に腰を下ろしていた仲望は、片手で口許を覆う。

「陛下のご命令だ。流行り病の終息を祝ってのことらしい」

「さすがに暴動が起きるぞ」

「わかっている。なにより猩猩《しょうじょう》緋《ひ》が見逃さないだろう。これ以上ない大義名分だ」

楊秀は茶器に注《つ》がれた白湯《さゆ》を口に含んだ。一息に飲み干し、鋭い眼差しを仲望に向ける。

「いや、存外それが狙いかもしれんな。宴を餌にして、集まってきた猩猩緋を一網打尽にする——陛下の考えそうなことだとは思わんか？」

「確かに……」

帝位にありながら、自ら剣を取って前線に向かうような人物だ。好戦的なところは、禁軍時代となにも変わっていない。猩猩緋を誘《おび》き寄《よ》せるためなら、それくらい平然とやってのけるだろう。

「それで、いつなんだ？」

「十日後だ。担当の官吏達は、突然の触れに死人のようになっていたぞ。それに前回と同じように、また花街《はなまち》の妓女達を呼ぶそうだ。妃妾達も参列を命じられている。おそらく、春《しゅん》蘭《らん》もそこにいるだろう」

「ああ……」

「もしも猩猩緋の襲撃があったら――お前は、混乱に乗じて春蘭を連れて逃げろ」

「それは本気で言っているのか？」

「もちろんだ。猩猩緋によって殺されたことにすればいい。遺体は私が確認したと報告する。疑ったところで、証拠さえなければなんとでもなる」

「だが」

「春蘭はお前の嫁だろう」

楊秀は、春蘭が鄭《てい》家に居《い》候《そうろう》をはじめた時から、仲望の嫁という姿勢を崩していない。身寄りのない春蘭が、仲望に惚《ほ》れて屋敷に押しかけた、と独自の解釈をしているのだ。

　このままでは、鄭家は仲望の代で断絶してしまうのでは、と危惧していたため、絶対に逃がすなと耳に胼胝《たこ》ができるほど忠告されたものだ。もっとも、今は後宮に召された春蘭を純粋に心配しているようだが。

仲望が沈黙していると、楊秀は重々しい口調で告げた。

「後宮では妃妾達が春蘭を快く思っていないらしい。なにしろ、陛下が名指しだからな。未だ位は決まっていないが、高位だと推測されている。自分の地位が揺らぐことを恐れた妃妾が、毒殺などの卑怯《ひきょう》な手段に訴えることも考えられる」

「それは……」

「まずは春蘭を華安《かあん》から逃がし、お前は頃合いを見て体調を理由に官吏を辞せ。地方でならば共に暮らすこともできるだろう。なに、春蘭は東都《とうと》で暮らしている韓《かん》家の親戚に預ければいい」

確かに、春蘭が普通の少女ならばそれも可能だろう。だが、彼女は守り神なのだ。真名《まな》を取り戻せば、守護していた邑《むら》に帰らなければならない。それは常々、春蘭が口癖のように言っていることだった。

「ありがとう、楊秀」

辛い立場に置かれるだろうに、それでも友人である自分のことを優先してくれた。その優しさに、仲望は心から頭を下げた。

「だが、その話はなかったことにしてほしい」

「なぜだ」

「春蘭には成さねばならないことがある」

「仲望、お前は本当にそれでいいのか。体を鍛えはじめたのも、すべて春蘭のためなのだろう？」

仲望は苦笑して、己の手を見つめた。柄を握り締め続けたせいで、手のひらの皮は剝け、指のつけ根には血豆が固まっていた。兄の背を追いかけていた時も血を吐く思いで体を鍛えていたが、力を欲する気持ちは今の方が遥かに強い。

「ああ」

正直な気持ちで仲望は頷いた。そして、真剣な眼差しを楊秀に向ける。

「猩猩緋が再び襲撃してくるというなら、俺も剣と弓が欲しい。頼めるか？」

「……わかった。準備しておこう」

諦めたように笑みを浮かべた楊秀は、仲望の肩を叩いた。

よろしく頼む、と言った裏側で仲望は考えていた。仲望が危惧するのは、猩猩緋の襲撃ではなく、己の兄――玄楽の存在だ。どこでなにをしているのかは不明だが、混乱に乗じて春蘭を奪いにかかる恐れがある。

――今度こそ、守ってみせる。

強い決意を胸に、仲望は手のひらを握り締めた。

藍色《あいいろ》の襦裙《じゅくん》に着替え終えたところに、その使者はやってきた。

薛昭儀《せつしょうぎ》と黎貴妃《れいきひ》から返答があったのは文を送った翌日のことだ。身籠もっている薛昭儀には具合が優れないことを理由に面会は断られたが、文の末尾には日を改めてとあった。一方、黎貴妃の文には、面会を承諾する旨が書かれており、差し障りがなければ二日後に、とのことだった。

　春蘭は準備を侍女達に任せ、自身は退路の選定に取り掛かっていた。玄楽から逃げる道と、後宮から抜け出す道の二通りを考えておけば問題はないだろう。むろん、日中は明佳《めいか》達の目があるため、室で大人しくしている。行動するのは主に夜だ。

　この二、三日は毎晩のように白桃《はくとう》に跨がり、安世《あんせい》の説明を思い出しながら屋根伝いに建物の位置を確認した。後宮の外壁まで行って、禁軍兵達が警備をしている姿も見た。総じて外へと通じる門のある場所の警備が厳しく、外壁の周囲は常に禁軍兵が巡回を行っていた。おかげで日中はうたた寝していることが多く、明佳に気分が優れないのではと心配されてしまったほどだ。

　そして、早朝から眠い目を擦《こす》りつつ明佳達に着飾らせられ、昼をすぎたあたりでようやく終わったところに、一人の宦官がやってきた。

　若い男だ。二十歳をすぎた辺りだろうか。妃妾達に引けを取らないほど整った容姿に、花が綻ぶような笑みを湛《たた》えている。春蘭の傍に控える侍女達が、一様に頬を赤く染める。唯一、明佳だけが硬い表情で宦官を見つめていた。

「――はじめまして、春蘭様。私は張元法《ちょうげんぽう》と申します」

　凜《りん》とした張りのある声だ。だが、侍女達がうっとりと聞き入るそれに、春蘭は感情の籠もらない冷たい印象を受けた。もっとも、貼りつけられた微笑みも同じようなものだが。

「本日は、陛下の命でお迎えにあがりました」

「お待ちください。そのような先触れは受けておりません」

　柔和な表情を崩さない明佳には珍しく、厳しい声が飛ぶ。元法は花のような笑みを一転させ、咎めるように明佳を睨みつけた。

「侍女風情が口答えをするか」

「通例ならば、先触れを出すものです」

　あくまでも非礼はそちらのほうだ、と明佳は強硬な態度を崩さない。

「陛下の命に逆らえば、主も罰せられるぞ。それでも盾《たて》突《つ》くというのか？」

　元法の言葉に、明佳の顔は青褪《あおざ》めた。それを横目で見ていた春蘭は、いつにも増して重量のある頭に気をつけながら椅子から立ち上がった。

「すまぬな。明佳はしっかりしているようで、とても心配性なのだ」

「……そのようですね」

「ぬしについて行けばよいのか？」

「はい。ご案内するよう仰せつかっております」

「では、よろしく頼む」

　元法は意外そうな眼差しを春蘭に向けた。侍女に守られているだけの、か弱い娘だとでも思っていたのだろう。

「明佳。先方には、遅れるという旨を伝えてもらえるか？　場合によっては、日にちを改めてもらったほうがよいかもしれぬな」

「……承りました」

春蘭を見つめる明佳の眼差しは、不安そうに揺れている。皇帝からの急な呼び出しが、本物であるかどうか心配なのだろう。それだけ、元法という宦官は信用できない人物なのか。

「さて、参ろうか」

今日の装いはいつもの暖色系統ではなく、春蘭には珍しい藍色でまとめられている。上衣と下衣は深みのある青で、腹部に巻かれた腰裙《ようくん》は白地に青い花柄が染め抜かれた一品だ。下衣のあわせ目から覗く白い裳裾が、襦裙の色をより際立たせていた。

そして、髪型も侍女達の気合いで調えられていた。頭上で蝶が羽を広げたように結い上げられた髪には、見事な細工が施された銀色の簪と、青みがかった乳白色の石で作られた小さな花の簪が挿《さ》されている。これが見た目よりもかなり重い。化粧も当然のように、ここにきて一番の厚塗りをされてしまった。

——皇帝の前に出る格好としては、及第点か。

黎貴妃と会うためのものだが、これから準備していたらこうはいかなかっただろう。

「ご予定がおありでしたか？」

「少しな。なに、陛下からのお呼びのほうが重要だ。先方もわかってくれるだろう」

元法は探るように目を細めた。それに気づいた春蘭は、適当にはぐらかす。

「して、なぜ私は呼ばれたのだ？」

「理由は存じあげません」

「ふむ。では、このような唐突な呼び出しはよくあることなのか？」

「後宮に棲《す》まう者であれば、常に陛下のお召しに応えられるよう支度しておくべきではありませんか？」

「もっともな意見だ」

元法がどのような人物かは不明だが、無闇に反感を買ってもろくなことはない。後宮に来て、初日以降は、明佳や安世、青乎《せいこ》といったこちらを慮《おもんぱか》ってくれる者達とばかり接していたため、このように詮索されるのも、値踏みするような視線で見られるのも久し振りだ。

——やはり、あまり気分のよいものではないな。

裳裾を踏まないように気をつけて歩きながら、春蘭は元法の視線に気づかぬ振りをし続けた。

九嬪《きゅうひん》の間に出ると、当然のように妃妾達の姿が見られるようになった。すれ違う妃妾達は、元法に熱い視線を向ける者と、顔を真っ青にして足早に去る者に分かれた。憧れはあるが、同時に恐れられてもいるようだ。

一方の春蘭は、妃妾達にこれでもかというほど憎しみの籠もった眼差しを向けられた。これで皇帝から呼び出されたと知られたら、さすがに妨害はされないだろうが、すれ違い様に嫌みの一つや二つは頂戴していたかもしれない。

ときおり確認するように春蘭を振り返る元法の視線を感じながら進めば、やがて人気のない廊下へと至った。宦官や侍女、妃妾の姿どころか人の気配すら感じられない。元法は迷うことなく、静まり返った廊下を歩く。

「こちらにございます」

やがて辿り着いたのは、重厚な扉の前だった。両脇には、鉄製の棒を持った屈強な警備兵が立っている。

「李《り》春蘭様をお連れいたしました」と、元法が告げれば、中より「入れ」と、重みのある声が響いた。元法が振り返り、春蘭を目で促す。どうやら、ここからは一人で向かわねばならないようだ。開かれた扉を、春蘭は一人で潜り抜ける。

室内はこれが皇帝の居室かと疑いたくなるほど、質素なものだった。室を飾る装飾品や調度品の類はなにもない。中央に朱塗りの座卓が置かれ、その左右には古い装丁の書物が積み重なっていた。

皇帝沸儀《ふつぎ》は、円座に腰を下ろし座卓の脇にある書見台を使っていた。書物を捲《めく》り、準備された半紙に筆を走らせている。こういう場合は決まった口上のようなものがあるのだろうか、と春蘭が考えていると、再び沸儀の声が響いた。

「傍に座れ」

なるべくならばこの男の近くには行きたくない。春蘭は手を伸ばされたら届くかどうかという辺りに腰を据えた。

沸儀と顔をあわせるのは、先の宴以来だ。改めて見れば、巌《いわお》のように重厚な印象を受ける。そこにあるだけで、人を威圧して止まない。年齢は四十をすぎているが、上品な袍の上からでも未だ衰えを知らぬ隆々とした肉体が見て取れた。

「近々、宮中で流行り病の終息を祝う宴を催すゆえ、そなたにも出席を命じる」

流行り病の爪痕が色濃く残っているにもかかわらず、また宴か、と春蘭は眉を寄せた。どう考えても、民の反発は必至だろう。当然、沸儀もそれをわかっていての強行である。しかも十日という短期間で。

「承った。ところで、それを告げるためだけに私を呼んだのか？」

「いや。宴の前にもう一度、そなたの顔を見ておきたくてな。後宮《ここ》はどうだ？」

「対人関係が煩わしいことと、面倒なしきたりの多さには辟易しておるが、のんびりと過ごさせてもらっておるぞ」

「おかしな童《わらわ》だ」

「よく言われる。ところで、宴では大物はかかりそうか？」

沸儀は春蘭に向けていた目を、意味ありげに細めた。答えは返ってこない。ならばと、質問を変える。

「ならば、なぜ太子を呪殺しようとしているのだ？」

ことり、と沸儀が手にしていた筆を硯《すずり》に置く音がした。こちらに向ける目からは、感情の色は読み取りにくい。

「気づいたか」

「あの時は気づかなかったが、宴で披露した占はどれも自分でも驚くほどはっきりとした結果が出た。あの場所は異常なほど、地脈の巡りがよい。それは宮中全体にも言えることだ。ここまで規模が大きいと、意図的に仕組まれたものだと考えたほうが自然だ」

　同時に、春蘭は龍天山《りゅうてんざん》でのことを思い出した。守り神である龍は、何者かに呪をかけられ本来の力を封じられていた。もしも華安の守り神が健在であったならば、このような地脈の流れはすぐに正されていたことだろう。

　その土地を守る神の力を抑え、自分達が呪殺を行うに適した環境を作る――それは、春蘭が人として生きていた時代、もっとも恐れられた呪術の集団が用いていた手法だ。

「そして、太子は病に伏せっているという。もしかしたらと思ったが、当たりだったようだな。ぬしは強敵と戦いたかったのではないのか？　呪殺によって太子が死ねば、今まで静観を決め込んでいた意味がなくなるぞ」

　詳しくは知らなかったが、次代の帝位を巡って太子派と公子派の争いが繰り広げられていることは理解していた。

　沸儀は、己の一言で決着がつくにもかかわらず、なにもせず傍観に徹していた。それは、太子が自分に牙を剝くのを待っていたからではないのか。呪殺という方法で解決してしまっては、意味がないだろう。

「あれは生温《なまぬる》い。余を殺すのではなく、幽閉するつもりのようだ」

「親殺しは大罪だ。子として、当然の判断ではないか」

「それではつまらぬ。死を意識すれば、あれも、あれの周囲の者らも、幽閉などと悠長なことも言っていられまい。本気で余を殺しにかかるだろう」

殺意をもたれることに、なぜそれほどまでに喜びを感じられるのだろうか。憎しみの目で見られること自体、常人には耐え難い苦痛だ。それをあえて求める沸儀に、春蘭は眉を顰《ひそ》めた。

「わからぬな。どうして、そこまでして争いを求める？」

「――娘よ。これが見えるか？」

片手で袍の上衣をくつろげた沸儀は、己の左胸を春蘭にしめす。歪《いびつ》に切り裂かれた傷。そのあわせ目からは埋め込まれた金色の玉が見えた。

「生き残るために、自ら埋めたものだ。これがなければ、余はここにはいなかっただろう」

「……自らだと？」

「そうだ。自分の胸を刀で裂いた。争いこそが余の人生なのだ。それ以外に生きる術はなかった。ならば、命が尽きるまで争いを求めようではないか」

人の数だけ、様々な生きかたがある。春蘭が人でありながら守り神となったように、この男の生涯は戦で満ちているのだろう。

ただ、それに巻き込まれた者達は、不憫《ふびん》としか言いようがない。実の父親に呪殺されかかっている太子は、いったいどうするつもりなのか。沸儀が望むように刃《やいば》を向けるか、それとも己の運命を受け入れるか――。

「宴でなにを企《たくら》んでおる？」

「あれは病に伏せっているらしい。太子のままにしておくのは、不安だと思わぬか？」

「廃嫡にするつもりか」

「余も鬼ではない。宴への出席を命じ、それに応じれば太子のまま置いてやろう」

　呪い殺そうとしておいて、ずいぶんな物言いである。しかし、皇帝よりそう命じられてしまえば、太子は宴に姿を見せないわけにはいかないだろう。華安の守り神である龍神は解放したが、だからといって呪殺が阻止できたわけではない。

「大勢の人間が犠牲となる」

「弱者はいらぬ」

「そなたは民を弱者とするのか」

　返答はなかった。沸儀の意識はすでに、春蘭の元にはない。飢えるほどに争いを求める男の気持ちが、守り神として邑を守り続けてきた春蘭にはわからなかった。

「用件は済んだ。下がれ」

　この男が健在な限り、華国《かこく》は滅びることはないだろう。だが、生きるために争いを求める男によって、幾千もの血が流れ、民は疲弊する。そして、己にはそれをどうすることもできない。守り神である自分とは対極に立つ相手を眺め、春蘭はなにも言わずに室を去った。

書見台の書物が閉じられるのを見計らって、脇に控えていた元法《げんぽう》はすかさず次を差し出した。

「――時に、新しい妃妾様の位が決まっておりませぬが、いかがなさるおつもりですか？」

沸儀《ふつぎ》は元法を一瞥《いちべつ》しただけで、渡された書物の頁を捲った。文字を読み、必要な箇所を半紙に書き写していく。

「二十七世婦あたりなどいかがでしょうか。頃合いを見て九嬪《きゅうひん》に位上げなされば角も立ちますまい」

「黙れ」

元法の肩が揺れた。沸儀の鋭い視線に慌てて平伏する。扉の傍に控えていた、管招達《かんしょうたつ》はそれを横目で眺め、愚《おろ》かなことだと嘆息した。今の発言は、明らかに宦官の権限を逸脱《いつだつ》している。

妃妾の管理は確かに彼らの仕事だが、新しい娘は諸侯から押しつけられたものではない。皇帝自ら後宮に召し上げた娘の位に口出しするなど、思い上がりも甚《はなは》だしい。沸儀の信頼を得ていると慢心しているようだが、それはあまりにも脆弱《ぜいじゃく》な土台である。元法は無能ではないが、けっして有能な人物でもない。唯一、他人を蹴落《けお》とす能力に長《た》けているおかげで、沸儀の傍に侍《はべ》ることができるのだ。

「下がれ」

無慈悲な命が下る。ここで下手な弁明をしないのが、今まで元法が生き残ってこられた理由だ。沸儀に泣きつき、そのまま剣の錆《さび》となった宦官は数え切れない。

「小賢《こざか》しい真似《まね》はしないことだ」

すれ違う際、元法にだけ聞こえるように呟けば、嫉妬《しっと》に塗《まみ》れた視線で睨みつけられた。まるで鬼の形相だ。

宦官と官吏では、立場も職務も違うのだが、顔をあわせる度に憎悪の籠もった眼差しを向けられる。個々が持つ権限や位では、門下省《もんかしょう》の最高責任者である招達が上回っているが、名家の出ではないため侮《あなど》られているのだ。

元法の足音が消え、居室に沈黙が降りる。しばらくの間、書物を捲る音だけが響いていた。書物を閉じた沸儀は、硯に筆を置くと招達に視線を寄越した。

「用件をもうせ」

「宴の手配が完了いたしました」

「そうか」

沸儀の顔が愉悦に歪《ゆが》む。

思えば、沸儀の歩んで来た道は無数の屍《しかばね》と、それらが流した血で彩られていた。だが、そうする以外に生き残る術がなかったのだ。沸儀に一番近い場所で、招達はその生き様を見続けてきた。

「……陛下にはじめてお会いした時のことを思い出しました」

ふと心に浮かんだ過去の情景に、招達は懐かしげに目を細めた。沸儀は禁軍の将として、己は一介の官吏として。もっとも、それは出会いと呼べるほどのものではなく、皇帝に反逆した官吏を斬《き》り捨《す》てる沸儀の姿を、遠巻きに見ただけだったが。

「あなたは昔から、罠《わな》を仕掛けるのが上手かった。こちらからはけっして手を出さず、相手をぎりぎりの縁《ふち》まで追いつめ――」

自棄《やけ》になって暴動を起こしたところを、圧倒的な力によって平らげるのだ。なんと理不尽で見事な策略だろうか。

帝位に就いてからの沸儀は、五大夫《ごたいふ》との戦に明け暮れた。五大夫は禁軍の将を務めた武官と、三省に属し、中書令《ちゅうしょれい》、侍中《じちゅう》、尚書令《しょうしょれい》のいずれかを務めた文官から選ばれる。私兵の所有など、様々な特権が認められ、時には皇帝を傀儡《くぐつ》とし、自らが専横を振るうこともあった。五大夫との戦いは、策略を巡らせての駆け引きだった。その時には招達も沸儀の傍にあり、自らも様々な献策をした。

五大夫の権限を形骸化させ、再興が不可能なほどに叩き潰したあと、沸儀が目を向けたのは西だった。辺境を騒がせている異民族を次なる標的に定めたのだ。

沸儀は強敵を求める。だから、あえて異民族を連合させるように動いた。一つ一つ虱潰《しらみつぶ》しにするには、労力も時も掛かりすぎるということもあったが、一番の理由は、まとめたほうがより楽しめるからだ。その結果、皇帝自らの出陣により連合軍は見るも無惨に大敗した。

そして、今。

沸儀の目は、実の息子である太子博焚《はくたく》と猩猩緋に向けられている。太子と猩猩緋が個別に動くのも一興。手を組んで己に向かって来るのも、また一興。沸儀は今までのように、圧倒的な力でそれらを平らげていくのだ。

「太子と猩猩緋を倒したあとは、いかがなさるおつもりですか？」

「余が帝位にある限り、敵は嫌というほど湧いてくる。そうではないか？」

ならば、華国《かこく》の未来はより凄惨《せいさん》なものとなるだろう。それでも沸儀についていくと決めたのは、他ならぬ自分自身だ。その決断を後悔したことは一度としてない。

「招達。貴様も敵として余に挑んでもよいのだぞ」

冗談ではなく、本気でそう考えているあたりが沸儀らしい。

「では、めぼしい敵がいなくなってしまったあかつきには、この私が敵となり、陛下を楽しませてみせましょう」

沸儀が望むのであれば、全力で応えなければならない。招達は苦笑しながら了承したのだった。

無事に室へと戻った春蘭《しゅんらん》を待っていたのは、黎貴妃《れいきひ》つきの侍女だった。

二十代後半の、意志の強そうな美女である。明佳《めいか》に似ていると思って尋ねてみれば、二人は姉妹なのだという。蘭凜凜《らんりんりん》というのが、その侍女の名だった。確かに並べてみれば、姉妹とわかるほどよく似ていた。

「黎貴妃様がお待ちでございます」と告げられ、連れられて向かったのは、西離宮だった。てっきり日を改めるものだと思っていたのでそう訊ねれば、「それには及びません」と、凜凜は言った。

「こちらにございます」

案内されたのは、庭に面した客房だった。風通しのよい室内には、そのまま庭に出入りできる内扉があり、見事な景色を望むことができた。

客房の中心に、卓を挟んで向かいあわせる形で置かれた長椅子は、背もたれ部分に見事な透《す》かし彫《ぼ》りが施され、色鮮やかな布の袋に綿を入れて作られた背あてが並べられていた。左右の壁には掛け軸の代わりに、美しい異国の壁掛けが飾られ、室内には香木を焚《た》いたのか、うっすらと甘い香りが漂っている。

黎貴妃は庭に通じる扉のところに立っていた。

憂いを含むように寄せられた柳眉《りゅうび》は艶《つや》めかしさを強調し、佇《たたず》んでいるだけにもかかわらず壮絶な色香を振りまく。その腰は柳のようであり、傾国とは、このような人物のことを言うのだろうな、と春蘭は内心で感心した。

「李《り》春蘭様をご案内いたしました」

「下がっていいわ」

黎貴妃は薄紫色の裳裾を靡かせながら、優雅な所作で長椅子に座った。春蘭も勧められるまま、向かい側に腰を下ろす。

「お久しぶり、と言ったほうがいいかしら」

「やはり気づいていたか」

そうでもなければ、ここまで春蘭に便宜を図ってはくれなかっただろう。凜凜の妹である明佳を春蘭につけたのも、黎貴妃からの指示だったに違いない。監視するためと思ったが、どうやら違うらしい。

「しかし、それならば、なぜここまでよくしてくれるのだ？」

春蘭は黎貴妃の弱みを握っている。むろん、一介の妃妾でしかない春蘭が、夫人の座にある黎貴妃の秘密を暴露したとしても信用はされないだろう。だが、わずかな疑念が命取りとなることもある。

春蘭の問いに、黎貴妃は寂しげに目元を緩めた。

「あなたのおかげで、私は兄を恨まずにすんだ。そのお礼だと思ってくれればいいわ」

「あれは自己満足のようなものだ。礼をされるようなことではないが、さすがに今回はとても助かった。特に明佳をつけてもらわなかったら、私は苦労しただろう」

妃妾には必ずしも侍女がつくとは限らない。位の低い妃妾は、侍女に雑用を頼むことはできても、こちらから声をかけない限り必要最低限のことすらしてもらえないのだという。むろん自分のことくらい自分でできるが、春蘭は後宮の仕来《しきた》りにかんする知識を持ちあわせてはいない。そういう面では難儀したはずだ。

「お役に立ててよかったわ。あなたはなにをして陛下に気に入られてしまったの？」

黎貴妃の眼差しは真剣そのものだ。そこには廊下ですれ違った妃妾達のように、嫉妬や憎悪といった負の感情は見られない。四夫人という高位に立つ黎貴妃だったが、望んでその場にいるわけではないようだ。

「きっかけは占だろうな」

「でも、あなたは――」

「あれは私が占っていたのだ。この外見だからな。童の遊戯と思われては商売にはならん」

まあ、と言って黎貴妃は目を見開いた。さすがに春蘭が占を行っていたとは、思ってもみなかったらしい。

「それが皇帝に気づかれた。物珍しさから傍に呼ばれ、言葉を交わしているうちに気に入られてしまったらしい」

自分が仲望《ちゅうぼう》に対する餌であることについて、春蘭は黎貴妃には告げなかった。いちいち説明することが面倒だったということもある。

「私は都合がいいので、ここに留まっているだけだ。その気になればいつでも逃げられる」

「あなたなら、そうでしょうね」

少しばかり困ったような顔で微笑む黎貴妃を眺め、春蘭は違和感に首を傾げた。以前に顔をあわせた時よりも、身に纏《まと》う空気が穏やかになったように見える。復讐《ふくしゅう》するのだと、壮絶な笑みを浮かべていたあの時の危うさは感じられなかった。

「ところで、ぬしに少しばかり訊きたいことがあるのだ。鄭玄楽《ていげんらく》という男を知らぬか？」

「聞いたことはないわ」

「赤い髪紐を身につけていた。そうか、猩猩緋の一員ではないかと思ったのだが……」

かつて己を見捨てた組織の名に、黎貴妃は一瞬ではあったが体を強張らせた。だが、すぐに気持ちを落ち着け、反芻するように視線を宙に彷徨《さまよ》わせる。

「……やっぱり、聞いたことはないわ。でも、本名を名乗っているのはごく一部の者だけよ。親族がいる者達は、たとえ仲間内だったとしても本名を隠すことがほとんどだったわ。私と兄は、本名をそのまま名乗ったけれど」

「では、赤い髪と瞳を持つ男はどうだ？　年齢は二十代後半で、恐ろしいほど腕が立つ」

目立つと思うのだが、と告げる春蘭に黎貴妃は驚いたように目を見張った。どうやら、心当たりがあるようだ。

「知っているのか？」

「え、ええ。名は〝朱緋《しゅひ》〟。それ以外に、赤い髪と瞳を持つ人物はいないわ。それに、あの人は赤い髪紐を身につけていた……」

黎貴妃はそう言いながら、複雑そうな表情を浮かべた。

「知りあいだったのか？」

「ええ。兄に気術士としての戦いかたを教えてくれた師のような人よ。でも、どうして？」

「追われているのだ。しかし、なぜ玄楽――朱緋が私を狙うのかがわからない。あやつが携わっていた任務について、なにか聞いたことはないか？」

「私は任務に携わることはなかったから、詳しいことはなにも……」

「そうか。嫌なことを思い出させて、すまなかったな」

黎貴妃――梁華《りょうか》は、玃猿《かくえん》という妖《あやかし》に攫《さら》われた。しかし、それを知った仲間達は、梁華を見捨てた。

玃猿が住むのは、人がけっして近づかない山堺《さんかい》だ。それでも、地道に捜せば、梁華を見つけることはできただろう。ただ、それにはかなりの時と人員がかかる。猩猩緋側にその余裕はなかったがため、行方知れずとして処理されたのだ。彼女の兄も真実を知らされていなかった。

「さて、あまり長居するのも悪い。そろそろ戻るとしよう」

しかし、腰を上げようとした春蘭を黎貴妃が呼び止めた。

「いいえ、もうしばらくいたほうがいいわ」

「なぜだ？」

「あなたが陛下に呼ばれたことは広まっている。昼間に呼び出されることはとっても珍しいの。だから、余計に妃妾達の嫉妬を買っているはず」

「面倒なことだな」

交わされた内容は、実に殺伐《さつばつ》としたものだったのだが、それで妬《ねた》まれても迷惑だ。もっとも、自分は競争相手になり得ないといくら語ったところで、信じてもらえるとも思わないが。

「でも、私があなたを西離宮に招いたと知れば、彼女達は静観するわ。自分達がわざわざ手を出さなくても、私があなたを追い出しにかかると考えるはずだから」

「だが、ぬしが私に便宜を図ってくれたことは、誰もが知っているのだろう？」

「私は気まぐれで嫉妬深い女らしいわ。ここを出たあと、部屋に戻るまで塞《ふさ》ぎ込む振りをなさい。それを見た者達が、勝手な解釈を広めてくれるわ」

黎貴妃にまつわる噂を逆手に取った作戦である。しかし、と春蘭は顔を顰めた。

「よいのか。ぬしの悪い噂が、また一つ増えるぞ」

「今更よ。払拭《ふっしょく》しようとも思わないわ。半分くらいは本当のことだもの。それと、妃妾達のこともあるけど、張元法には気をつけなさい」

「私を皇帝の元まで案内した宦官だな」

「あの男は、人を蹴落とすことが上手だから。そうやって、今の地位を手にいれたのよ」

黎貴妃は心底忌々《いまいま》しげに顔を歪めた。四夫人にまで上り詰める間に、彼女もその被害にあったのだろう。

「明佳に聞いたわ。先触れがなかったのも、元法の仕業でしょうね。時間がないからと、そのままの格好で陛下の御前に連れて行って、恥をかかせようとしたのよ。あの男が使いそうな手だわ」

「では、私は運がよかったな」

　黎貴妃と会うために準備をしていたので、気づかずに姑息な嫌がらせを免れていたらしい。もっとも、着飾らずに皇帝と面会したところで、なんの問題もないのだが。

「難癖をつけてきたら、平然としていなさい。弱さを見せれば、ここぞとばかりにつけ込まれるわ」

「わかった」

　室に閉じ籠もっていれば、顔をあわせる心配もないだろう。それに、宴まではその準備で誰もが慌ただしくしているはずだ。

「気になることがあったら、明佳を寄越して。大抵のことなら、私のほうでどうにかできるわ」

「手間をかけさせてすまぬな」

「いいえ。先ほども言ったように、あなたには恩がある。私の敵に回らない限りは、手助けしようと決めたのよ」

「そうか。では、遠慮なく世話になろう」

「以前も思ったけれど、あなたは不思議な子ね」

「うむ。よく言われるな」

　なんせ、守り神をやっていたものだからな、と春蘭は心の中でつけ足したのだった。

いつものように房室を抜け出した春蘭は、屋根の上に座り夜空に輝く三日月を眺めていた。隣には、白桃《はくとう》が寄り添うように寝そべっている。毎日のように玉から出られるのが嬉しいのか、しなやかな尻尾が機嫌よく左右に振られていた。

「そろそろ洪采《こうわ》の様子を見に行くか」

同意するように、白桃が吼《ほ》えた。春蘭は立ち上がり、その背によじ登る。回廊に音もなく降り立った白桃は、ときおり立ち止まって人の気配を探りながら、迷うことなく隠し通路のある廊下まで進んだ。白桃の背を降りた春蘭は、壁の窪みに手を這わせる。

以前も通った廊下を、燭台の明かりを頼りに進む。

食事を与えられていない場合を想定して、今日は干し杏と水の入った竹筒も持参してきた。

「洪采？」

小部屋へ入り、燭台で辺りを照らす。しかし、隅に横になっているはずの洪采の姿はなかった。

床には、洪采の四肢を拘束していた鉄鎖が無造作に転がっている。鍵が外されているわけではなく、鎖の途中になにかで切断したような痕があった。ということは、ここに捕らえていた者達が、彼をどこかへ移動させたわけではないようだ。

「仲間が助けに来たのか？」

「ウォオン……」

お座りの体勢で待っていた白桃は、洪采がいないことを知り悲しげに鳴いた。意外とあの青年を気に入っていたらしい。

「仕方ない。戻るか」

春蘭が通路に出た時である。奥へと続く通路から、低い呻き声にも聞こえる音が響いた。耳を澄ませば、それが複数の声からなっていることに気づく。

「もしや、これが噂のなんとやらか？」

「ウォン」

「どれ、正体を確かめて――」

しかし、春蘭が足を向けようとすると、それを阻止するように白桃が立ちはだかった。どうやら、この先に進むのは危険らしい。

「バウッ」

「ふむ。嫌な感じがする、と」

それに隠し通路は一本道。前後から挟まれてしまったら逃げ場はない。むろん、こちらには白桃はいるが、相手がかなりの手練である可能性は捨てきれなかった。洪采と同じように薬を使われることも考えられる。

奥でなにが行われているのか、知りたいのも事実だ。しかし、悩んだ末に、春蘭は探索を諦めることにした。

「わかった。今日のところは、いったん引き上げよう」

白桃の警告もあるが、この通路がどこに続くかもわからない中、興味本位で進むのは無謀だ。それに、洪采が逃げたことに気づいて、すでに捜索の手が回されている恐れもあった。

「戻るぞ」

念のために燭台の明かりを消し、春蘭は白桃の背に跨がる。白桃も、いつもより慎重な足取りで歩き出した。

気づけばいつの間にか、不気味な声は聞こえなくなっていた。

通路を出た春蘭は壁を元に戻し、白桃の背に戻る。すると、廊下をこちらに向かって進んでくる小さな明かりがあった。

――こんな深夜にいったい誰が。

白桃は音を立てずに走り出した。

春蘭は振り落とされないようにしがみつきながら、背後を見る。暗闇の中、明かりに照らされてぼんやりと浮かび上がったのは、隠し扉の前に立つ陳安世《ちんあんせい》の姿だった。


異様な光景だった。

薄暗い室内に、円を描いて男達が座している。床は剝き出しの土間で、中央に向かうように緻密《ちみつ》な文様が彫られていた。要所には玉が配置され、中央にはひと束の髪が置かれている。

燭台の炎が揺れる度に、男達の影も妖しく蠢《うごめ》く。頼りない明かりの中でもわかるほど、男達の頬は痩《こ》け、体は枯れ木のように痩《や》せ細っていた。男達が一心に唱えているのは、呪歌だ。人を呪い殺すための術である。

「箏言《そうげん》様」

初老の配下に肩を叩かれた黄《こう》箏言は、疲労でまともに機能しない体に辟易《へきえき》しながら呪歌を中断した。ただでさえ白い肌は病的なまでに血の気を失い、眼窩《がんか》が異様なほど落ち窪んでいる。激しい眩暈《めまい》と吐き気に耐えながら、箏言は男の言葉を待った。

「捕らえていた男が逃げました」

「……拘束してたのに？」

猩猩緋の一員と目される男を捕らえたのは四日前だった。

ここを見られることはなかったが、念のために手足を拘束して、隠し通路にある小部屋に監禁しておいた。さらに自力では逃げられないように、服用から数日は手足の痺《しび》れが続く薬物を少量水に混ぜ、食事も与えていない。屈強な男でも、そう簡単には逃げ出せないだろう。

すでに術は阻止できないところまで進んでいるが、情報が漏れ、この場を一網打尽にされるのは困る。今回の成功を足掛かりに、黄家は自分の名の下に復興するのだから。

「仲間が助けたようです」

「ふうん。後宮内部にも、猩猩緋の一員が入り込んでるのかもね」

「そんなあっさりと言わないでください。ここの情報が漏れているのですよ」

「しかたないさ。うちの一族に裏切り者はいなくても、陛下側の人間までそうとは限らない。現に私達の存在を快く思っていない方もいるようだしねぇ」

沸儀の元でたまに顔をあわせる管侍中を思い出し、箏言はうっそりと笑った。まさか太子を呪い殺そうとしているなんて、思ってもみないだろうが、真実を知ったところでやはり彼は自分達を疎むだろう。

「室には、切断された鉄鎖だけが残されていました。やはり口を封じてしまうべきだったのでは？」

「だめだよ。呪殺の際に汚《けが》れを持ち込んではいけない。術の精度が落ちてしまう」

「ならば、陛下に引き渡してしまえばよかったのでは？」

「それもだめ。すぐには殺さず、情報を引きだすために拷問するかもしれない。こちらの情報は知られていないと思うが、万が一ということもある。これが終わったら、こちらで処分したほうが確実だ——ま、逃げられちゃったけど」

黄家は呪殺家として、時の権力者に恐れられ、幾度となく断絶の危機にさらされた。よくもまあ、ここまで直系の血筋が残ったものであると、他人事《ひとごと》のように思う。それ故に、当主には狡猾《こうかつ》さと慎重であることが求められた。

もし、捕らえた男が何事かを見聞きしていて、それが沸儀側の誰かに知られてしまったら——。些細な物事が、のちのちの大事にもなりえる。

「こっちが警戒しなきゃいけないのは、この場に踏み込んで来られることだ。捕らえられるだけならまだしも、斬り捨てられたら復興もなにもなくなってしまうからね」

「では、捜索はしませんか」

「仲間がいるなら、もう後宮の外に逃げてるよ。陛下に頼んで捜してもらっても、無駄じゃないかなぁ」

　それに、呪術は最終段階に入っている。せっかく封じた華安《かあん》の守り神を、何者かに解放されてしまうという出来事はあったが、もともと宮中は地脈の巡りがいい。予定していたよりも少し延びてしまったが、そう遠くない日に呪殺は完了するだろう。

「用件はそれだけ？」

「もう一つあります。数日後にまた宴が行われるようですよ」

「陛下もよくやるねぇ」

　やれやれ、と箏言は頭を振った。どうせ、宴を餌にして色々なものを釣るつもりなのだろう。

「隠し通路だけど、最小限の出入口だけ残して、あとは内側から開かないようにしてくれる？」

「かしこまりました」

「対処としては、そんなところかな。じゃあ、私は呪歌に戻るから」

「少しは休まれたほうがよろしいのでは？」

「まだ平気だよ」

本当はこのまま眠ってしまいたいが、箏言は気力を奮い立たせる。呪歌は歌い手の数だけ、威力が強まるのだ。

「黄家を再興するためだもの」

箏言は、父の恨み言を子守歌に育った。先帝に呪術を餌に取り入ろうと画策した父は、貢ぎ物が少ないという理由から面会を拒まれ続け、やがて絶望のうちに憤死した。

――そう思えば、沸儀に出会えた自分は運がよかったのかもしれない。

黄家の再興という悲願は、箏言を突き動かす。

本心から願っているのか、それとも父の妄執《もうしゅう》に囚われているのか。自らの身のうちはあまりに混沌《こんとん》としていて、判断することはできなかった。

第五章

十日の猶予《ゆうよ》は、あっという間にすぎた。少なくとも、仲望《ちゅうぼう》にとっては、もう当日なのか、といった気分である。仲望はただひたすら体を鍛え続けた。少しでも昔の勘を取り戻そうと、就寝時以外は剣や弓を握っていたように思う。

宴を猩猩緋《しょうじょうひ》が襲撃する確証は、どこにもなかった。ましてや、春蘭《しゅんらん》を狙う兄がそこに紛れ込んでいるのかどうかすら、あやふやなままである。

しかし、これ見よがしに開催される宴を、猩猩緋が見て見ぬ振りをする可能性は低いように思われた。兄も、春蘭が後宮から出る機会を見逃さないだろう。

——これで、どこまで渡りあえるか。

溜息をつき、仲望は歩みを進めた。

宴が催されるのは後宮にほど近い、北鵺宮《ほくやきゅう》である。

すでに官吏達が集まっているようで、ざわめきが聞こえてきた。仲望と同じ、官服を着た者達が集団でぞろぞろと石段を登って行く姿も見受けられる。

北鵺宮は、広さに違いがあるだけで華宴宮《かえんきゅう》と似た構造だ。違うところを挙げるとすれば、二十段ほどの石段を登ると、朱塗りの楼門があるところだろう。さらに、北鵺宮をぐるりと囲んでいる外塀は、乗り越えるにはかなりの高さがある。

襲撃され難い造りだが、中にいる者達も逃げ場は限られている。火矢を用いられれば、被害はかなり大きくなるだろう。むろん、それを見越し、警備のために禁軍の兵士が至るところに配置されていた。楊秀《ようしゅう》も右《う》飛龍《ひりゅう》将軍として指揮を執っている。

これが罠であると猩猩緋側も気づいているだろう。待ち伏せされていると知って、馬鹿正直に向かってくる者はいない。襲撃自体を諦めてくれればよいが、なんらかの対策を講じてくる可能性が高かった。

「仲望様！」

名を呼ばれて振り返れば、黄海楼《おうかいろう》の妓女見習いである魏《ぎ》祥琳《しょうりん》がこちらに向かって駆けて来るところだった。

歳は十三の頃。まだ子供らしさが残る、可愛らしい少女である。彼女は桃色の上衣に、紫の腰裙《ようくん》、短めの下衣をあわせていた。髪も飾り気がなく簡素に結い上げられているだけである。手伝いなのだろう。年相応の姿に春蘭を重ね、仲望は思わず口元を綻ばせた。

「あの、お時間はありますか？」

「大丈夫だ」

「よかった。仲望様を見かけたら、寄っていただくように月《げつ》儀《ぎ》姐《ねえ》さん――じゃなくて、楼主様に言われていたんです」

祥琳はまだ幼さの残る顔に、安堵の表情を浮かべた。案内されたのは、北鶴宮の脇にある細い通路だ。北鶉宮の石段前は華宴宮に比べると狭く、俥を置くと通行の邪魔となるため、横道を待機場所として代用していた。

坂になっている部分に、人一人通れるほどの石段が斜めに延びており、外塀部分に小さな木戸がついている。妓楼の者達は、そこから出入りするのだろう。

通路には三台の俥が置かれ、周りでは美しく着飾った妓女達が慌ただしく動き回っている。前回よりも護衛の数が多い。黄海楼も猩猩緋の襲撃に備えているのだ。宮中のため帯剣はできないが、代わりに鉄製の長細い棍棒《こんぼう》を持っている。

面識のある者達に挨拶《あいさつ》し、仲望は奥へと向かった。そこには、一番奥の俥の荷台に腰掛けながら、帳面を片手に指示を飛ばしている樊《はん》月儀の姿があった。

先代の楼主、淘蟬英《とうせんえい》が亡《な》くなったあと、その座を継いだのが彼女だった。おっとりした雰囲気の美女だが、今では楼主としての貫禄《かんろく》もついたように思う。妓女達と共に宴に出るため、山吹色を基調とした派手な襦裙《じゅくん》を身に纏っていた。

「仲望様をお連れしました！」

祥琳が声をあげると、こちらに気づいた月儀が荷台から立ち上がった。

「うるさくて申しわけありません。ばたばたしているものですから」

「いや、気を遣わないでくれ。それにしても、また呼ばれるとは災難だったな」

「他の妓楼と比べれば、流行り病での被害は最小限に抑えられましたから。むしろ、呼んでいただけて助かります。前回分もきっちりと支払っていただけましたしね」

「ならばいいのだが」

「宮中の宴に呼ばれたおかげで、ご新規様も増えたんですよ。ただ、噂を聞きつけたのか、秋菊《しゅうぎく》に会わせろとおっしゃる方が多いのには閉口しますが。こればかりは、なんともできませんからねぇ」

「その件はどうしてるんだ？」

「宴以来、体調を崩していることになっています。春蘭が戻って来てくれるといいんですが……」

　そう告げる月儀の表情は寂しげだ。〝秋菊〟は春蘭の占師としての名である。占っているのが子供では、いくら腕がよくても客がつかないだろうという先代楼主の判断で、正体を隠していたのだ。

　先の宴では、妓楼の者が顔を隠して秋菊に扮し、春蘭はその介添えとして舞台に登った。それがきっかけで、春蘭が皇帝の目に留まるなどと誰が考えただろうか。

「あ、あの、仲望様！　春蘭から文がきませんでしたか！」

　脇に控えていた祥琳が、我慢しきれずに声をあげた。妓楼で一番仲がよかった祥琳は、春蘭のことが気になってしかたないのだろう。だが、すぐ月儀の叱責が飛ぶ。

「止めなさい。後宮ってところは、妓楼と違ってそんな簡単に文の遣《や》り取りはできないのよ」

「でも、あんな強引に連れて行くなんて、納得できませんっ」

両手を握り締めた祥琳は、理不尽だと必死に訴える。月儀は眉尻を下げて、宥《なだ》めるように祥琳の頭を撫でた。

「皇帝陛下の思し召しだからね」

月儀は諦めたような口調で告げる。春蘭が大人しく連れられて行ったのは、ただ単純に権力に屈したからではなかったのだが、それを説明するのは難しい。妓楼の者達にとって、春蘭は占を得意とするだけの無力な少女なのだ。

祥琳は唇を嚙み締め、縋るような眼差しを仲望に向けた。

「仲望様、なんとかならないんですか？」

「祥琳、さすがに度がすぎるよ」

再び、月儀の鋭い叱咤が響く。己の無配慮な言葉に気づいたのだろう。祥琳は愛らしい双眸に涙を湛え、「ごめんなさい」と震える声で呟いた。

「いや、気にしないでくれ」

「まったく。あなたは、あっちで紅燕《こうえん》達を手伝ってきなさい」

「……はい」

頭を下げて、悔しげに唇を嚙み締めた祥琳は通路の奥へと足早に消えた。それを見送って、月儀は肩を竦《すく》める。

「申しわけありません。あの子は名家の出なんですけどね、権力がどういうものかいまひとつわかっていないみたいで……」

　子の成長を見守る母親のように目を細め、月儀は祥琳が去った方向を眺めた。そして、再び仲望へと顔を戻す。

「お呼びたてしたのは、本日の宴のことです。猩猩緋の襲撃があるのではないか、という噂を耳にしましてね。警備も前回に比べ、とても厳重なように思えます。楊秀様からなにか聞いておられませんか？」

「確かに襲撃に備えて、警備を厚くしているとは聞いたが、本当に猩猩緋が姿を見せるかどうかまではわからない」

「そうですか……」

「力になれなくてすまない」

「いえ、謝らないでください。なにがあってもうちの子達を守れるように、警戒を怠らなければいいんですから」

「万が一の時は、無闇に逃げ惑うよりも一塊となっていたほうがいい。猩猩緋の狙いは皇帝であり官吏達だ。無辜《むこ》の民までは傷つけないだろう」

「わかりました。妓楼の者達にも徹底させておきます」

　用件はそれだけだったようで、礼を告げた月儀は、すぐに指示出しを再開する。仲望も宴に向かうべく、その場をあとにした。

　官吏達は大半がすでに大広間へ入ったようで、まわりに官服を着ている者の姿は少ない。代わりに、緊張した面持ちで周囲を見回す兵士達の姿が目立つようになった。それを横目で見ながら、仲望が楼門に続く石段を登ろうと足をかけたところ、いきなり横合いから肩を摑まれる。驚いて振り向けば、そこには精悍な顔立ちの青年と、争いごととは無縁そうな大人しそうな顔立ちの青年が立っていた。

華安《かあん》の街を警備する龍乎《りゅうこ》に所属する、姫子慮《きしりょ》と杜文重《とぶんちょう》である。

「いよっ！」

親しげに声をあげた子慮は、胸甲と背甲を肩の部分で繋げた鎧甲《がいこう》を身につけていた。さらに腕を防御するための披搏《ひはく》と、足を防御するための膝裙《しっくん》、頭部には鉄製の額当てが結ばれている。文重も同じ格好だ。

「驚いたか！」

「あんたは子供ですか」

すかさず言葉を挟んできたのは、子慮の副官を務める文重だった。頭痛を堪えるような仕草をしながら上官を窘《たしな》める。

「龍乎がどうしてここにいるんだ？」

「聞いて驚け。禁軍に頼まれたからだ！」

「説明しますと、猩猩緋の襲撃が予想されるので、龍乎からも人手を出してほしいと禁軍から要請があったんです。虎慈《こじ》隊の他に、二隊が加わっています」

「だから、そこまで物々しい格好をしてるのか」

「まあ、北鵺宮の周辺を固めるのは禁軍兵ですけどね。敗走する猩猩緋を、一網打尽にするための要員みたいなもんです。それでも、三隊だけかと嫌みを言われまして。街の警備をおざなりにしろとでも言うんですかね？」

「それは、なんというか、すまない」

「いいんですよ。あちらは龍平の事情なんて、お構いなしですから」

文重は冷めた口調で告げた。宮中は広い。すべての通路に禁軍を配置していたのでは、手薄になる箇所が出てきてしまう。龍平はその穴埋めに呼ばれたのだろう。

「この辺りの警備を担っているのか？」

「まさか。隊長が北鵺宮を見てみたいというので、ここまで歩いて来たんです。宮中なんて、迷子にならないほうがおかしいですからね。配置場所は、もっと遠くですよ」

子慮の方向音痴は筋金入りだ。巡回の道筋ですら、彼の頭に入っていない。よって、常に部下の誰かしらが子慮の傍に張りつくのが常である。さすがに宮中で迷子になられては堪《たま》らないだろう。

「ここが北鵺宮か。なかなか攻め易《やす》そうな場所だな」

おかしな感想を述べる子慮に、文重が慌てたように周囲を見回す。幸いなことに、今の発言を耳にした者はいなかったようだ。安堵に胸を撫で下ろし、子慮を鋭い眼差しで睨みつけた。

「変なことを言わないでください。それより、もう充分でしょう。さっさと持ち場に戻りますよ」

「本当のことだろ。こっそり忍び込んで、建物の内側から火をつけたら一発だ。逃げるにも門はあのちっさいのしかないし、俺だったら絶対にそうするけどな」

「まず、北鵜宮に忍び込むこと自体がむりですよ。建物の入口という入口は、禁軍の兵士が守ってますからね。さあ、いい加減に戻りますよ」

「ふーん。でも、三日くらい前から忍び込んどけば見つからないだろ。隠れられそうな場所もありそうだ」

文重は反論に詰まったようだ。確かに、宴が催される場所は前もって公表されている。事前に忍び込んでおくことも可能だろう。

「建物の内部は巡回とは別に、宴がはじまる前に禁軍兵によって、隅々まで確認されているはずだぞ」

仲望は文重に助け船を出した。禁軍に所属していた際、宴などの前には早朝から建物内部の確認を行っていた。それも一人や二人ではなく、一部隊を使っての大規模なものとなる。

「内通者でもいない限り、すぐに見つかってしまうだろう」

「へー、そういうもんなのか」

「では、安心ですね。それじゃあ、俺達はこれで失礼します。行きますよ、隊長」

「ちょ、なんで耳を引っ張るんだよ」

「戻るって言ってんのに、あんたが聞かないからでしょうが！」

「待て。まだ春蘭のことを聞いてねぇだろ！」

「うわぁあああ！　せっかく避けていた話題を！」

どうやら、文重は仲望に気を遣ってくれていたようだ。顔を真っ青にして、子慮を叱《しか》りつけている。

「このお馬鹿。あんたには思い遣りってものがないんですか」

「はぁ？　お前だって気にしてただろうが」

「本人の目の前では、その話題に触れないのが優しさってもんでしょうが。どうしても気になるなら、仲望さんじゃなくて韓《かん》将軍にでも訊いてくださいよ」

「いや、だって本人がここにいるんだぞ」

「そこを配慮するのが大人なんです！」

ふて腐れたような表情を浮かべる子慮に、配慮の必要性を懇々と説いている。これには、仲望も口元を引《ひ》き攣《つ》らせた。

ここは北鵠宮の真ん前だ。龍乎の詰め所ではない。石段を登って行く官吏達や、巡回の禁軍兵が奇妙な眼差しを向けていた。頼むからここで騒がないでくれ、と内心で辟易する。

「春蘭のことなら大丈夫だ」

ぴたりと動きを止めた二人は、互いの顔を見合わせた。先に口を開いたのは子慮である。

「奪い返すつもりか！」

「待て。どうしてそうなる」

「見直したぞ。それでこそ男だ！」

　俺の好敵手に相応しい、と子慮は仲望の背中を叩いた。かなり曲解されたが、いちいち説明するのも面倒なので、「……そういうことだ」と、仲望は曖昧に言葉を濁した。

「ですが、もし猩猩緋の襲撃があった場合、武勲を立てるというのも手段の一つですよね。褒賞に後宮の妃妾を望むというのも、過去の事例を見ればありえない話ではありません」

「武勲か。じゃあ、どっちがより功を立てられるか、競争だな！」

「まだ猩猩緋の襲撃があると決まったわけじゃないんだが……」

　聞く耳持たずといった子慮は、興奮したような面持ちで瞳をきらきらと輝かせている。こうなっては、どんな言葉も届かない。

「そろそろ持ち場に戻ったほうがいいんじゃないか？」

「あ、そうですね。では、またあとで。行きますよ、隊長」

　宴の開始は近い。文重は、まだいいだろうと抗議する子慮を追い立て、あっという間に走り去った。

　ここに来るまでは、かなり気負っていたのだが、あの二人のおかげで肩の強張りも取れた。官服の裾を払い、仲望は石段に向かう。その双眸に力を込めて。


　緩やかな楽の音が流れ、宴がはじまった。

　先と同じく、黄海楼の妓女達が花を添えるらしい。離れた場所からではよく見えないが、懐かしい面々に胸が温かくなった。

「……蟬英」

吐息のように、懐かしい名を囁く。

彼女が命を賭して守った黄海楼は、困難に挫《くじ》けることなく、誰もが前を向いている。そうあることができるのは、楼主であった蟬英のおかげだろう。誰がその後釜に座ったのかは定かではないが、きっと大丈夫だ。

できれば、自分もその傍らで復興の手助けをしたかった、と春蘭は一抹《いちまつ》の寂しさを覚えた。

――しかし、よりによって皇帝の脇とはな。

与えられた座に溜息をつく。

しかも、他の妃妾達は御簾で姿を隠しているにもかかわらず、春蘭は未だ位を得ていないという理由から素顔をさらしている。よりによって、皇帝の隣で。

二人が並ぶのは、北鵜宮の露台《ろだい》だ。

そこだけ屋根がなく、石畳の広場より一段ほど高い。透かし彫りの美しい欄干《らんかん》が露台を囲み、武装した禁軍兵が一定の間隔で警護を行っている。舞台はその露台から少し離れた前面、広場の中央に設けられていた。官吏達は舞台を挟み、対面するような形で用意された席に座っている。

その衆目の中で、春蘭は皇帝の右脇に腰を落ち着けていた。傍から見れば、誰もが邪推せずにはいられないだろう。これが新しい寵妃《ちょうき》か、と。

春蘭が溜息をつけば、過去最大の重量を誇る頭部がぐらりと揺れた。本日の髪型は、明佳《めいか》率いる侍女達渾身《こんしん》の作品である。

複雑に編まれた髪は、もはや髪とは呼べぬほど緻密な形を描いている。しかも長さが足りないと、かなりのつけ毛を足された。

髪と一緒に朱染めと金糸の飾り紐が編み込まれ、房のついた先端は肩まで垂れている。簪は嫌だと拒否したためだ。せっかく苦労して説得したにもかかわらず、余計に重量感のある仕上がりとなってしまった。

襦裙は明佳達の熟考の末、桃色を基調としたものに決まった。腰裙だけが鮮やかな紅色に染め抜かれている。「やはり春蘭様には、その名の通り春のような暖かな色が似合いますわ」というのが、明佳の言である。

万が一、玄楽《げんらく》に見つかってしまったら、この格好ではあまりに不利だ。そのせいで捕まったとしたら、嘆くに嘆けない。

「浮かぬ顔だな」

頭上から響く声に、春蘭は誰のせいだと抗議したくなった。頭に気をつけながら顔を上げれば、沸儀《ふつぎ》の感情の籠もらない眼差しとかちあった。

「……私は隅のほうでよかったのだが」

「余の傍に侍れるのだ、他の妃妾ならば感涙するぞ」

「一緒にしてくれるな」

「贅沢な者よ」

御簾越しにではあるが、先ほどから憎しみの視線が痛い。目で人が殺せるのならば、自分は命がいくつあっても足りないだろう。

春蘭は溜息をついて、視線を戻した。舞台上では、妓女達が舞いを披露していた。地面につくほどに長い袖を巧みに操り、きれいな弧を描いたり、靡かせたりしている。秩序のある動きは、なかなかに壮観だ。

「侍らせるなら、寵妃を傍に置けばよいではないか」

「確かに、あの女でも面白い反応が見られただろうな」

沸儀の目が、ある御簾のところで止まった。奥には黎貴妃《れいきひ》がいる。

「あれは面白い。本心では人を傷つけることを厭《いと》うが、復讐を望まずにはいられない」

舞いの終わりに、大広間から歓声があがった。

沸儀は黎貴妃の事情をどこまで知っているのか。すべてを見透かしたような口調に、春蘭は思わず眉を曇らせた。

「だから黎貴妃を寵愛しているのか？」

「見目麗しいというのも、理由の一つだ。ただ、傍に置くのならば、より面白い者がいいだろう。あれがもたらす狂気は、いずれ余へと向けられる。実に楽しみだ」

「それはなんとも、はた迷惑なことだな」

黎貴妃もまた、太子と同じ理由で目をつけられているらしい。

沸儀は、黎貴妃の産んだ子が自分の血を引いていないこと、猩猩緋の一員だったことまでは知らないだろうが、世の中を恨んでいることには気づいていたようだ。それを自分に向けさせたら面白い、と考える辺り沸儀らしいが。おかげで、黎貴妃は寵妃としての座を守り続けている。

「今日は気分がよい」

「本当に太子派と猩猩緋の襲撃はあるのか？」

返答はない。来るという確信が沸儀にはあるのだろうか。太子派はどうでもいいとして、猩猩緋が来るということは、玄楽も必ず姿を見せるということだ。この機会を逃す男ではない。

「しかし、こうも警備が厳重では、太子派や猩猩緋はここに辿り着く前にすべて捕らえられてしまうのではないか？」

大広間の隅に配置された禁軍兵の数は、前回の宴よりも遥かに多い。おそらく外塀の向こう側には、さらに厳重な警備が敷かれていることだろう。そのすべてを掻い潜って、ここまで辿り着けるとはさすがに思えなかった。

「その程度ならば、余がわざわざ手を下すこともない」

沸儀は杯に注がれた酒を一息に飲み干した。大広間では、舞いから打って変わり琴と笛の演奏が行われている。

先の宴との違いは、酒を楽しむ席にもかかわらず、どの官吏達も硬い表情を浮かべていることだ。どれほど美味《うま》い酒や、目が醒《さ》めるほどの美女達であっても、猩猩緋の襲撃があるのではないかとの恐怖の前には、霞《かす》んでしまうのだろう。

太子派と猩猩緋は、この厳戒態勢の中でどのように攻めてくるつもりなのか。真正面から仕掛けるのは不利だ。戦術を知らぬ子供でもわかる。

——ならば、答えは一つ。

優雅な音階が、じょじょに激しさを増しはじめた時だった。

顔を真っ青にした禁軍兵が、妓女を押し退《の》け沸儀の前に膝をついた。

「申し上げます。紫宝宮《しほうきゅう》から火の手があがりました！」

——陽動による攪乱《かくらん》だ。

宴の場は混乱した。

それでも、官吏達に逃げようとする者がいないのは、戦場がここではないからだ。警備の兵士達が慌ただしく動きはじめた。仲望が広場から舞台に目を向けると、月儀が妓女達を端に集めているところだった。そんな中、次々に報告がもたらされる。

「申し上げます。賊は宮中の至るところに火をつけて回っているようです！」

「申し上げます。建設途中の望楼《ぼうろう》からも火の手があがりました！」

「申し上げます。複数の賊徒によって、北鵷宮周辺の防壁が破られました！」

「申し上げます――」

身の危険を感じた官吏達が、逃げ出そうと腰を上げかけた時だった。露台に座したまま黙って報告を受けていた沸儀が、ゆっくりと立ちあがる。混乱していた場内が水を打ったように静まった。

「逃げる者は止めぬ。好きにせよ」

けっして声量があるわけではない。だが、重厚感のある声は、北鵺宮の大広間に響き渡った。

一人の官吏が転がるようにして門に向かった。それを見ていた者達が、我先にと門へ殺到する。月儀はすでに妓女達を連れて姿を消していた。賢い彼女のことだ。助言に従い宮中から速やかに退避するだろう。

仲望は視線を露台に戻した。皇帝の脇に座る小さな影。駆け寄りたい気持ちをぐっと堪える。皮肉なことだが、この場において、もっとも安全な場所と言える。門は押しあいへしあいする官吏達で混乱していた。罵声《ばせい》や悲鳴が飛び交い、兵士達も手をこまねいている。一部の官吏達はすぐに動くことを躊躇い、その場に留まっていた。

ふと興奏《こうそう》のことが気になった仲望は、露台の左端に視線を向けた。そこには興奏をはじめとする、各省の長達が並んでいたのだが、ひとつだけ空の席がある。興奏の席だった。

いったいいつの間に姿を消したのか。胸を過る嫌な予感に、仲望は眉を寄せた。

皇帝は混沌とする大広間を一瞥し、北鵺宮の中に姿を消した。春蘭も侍女達に促されるようにして、そのあとへと続く。御簾の中にいた妃妾達も、警護の宦官らに守られながら次々に建物の中へと入って行った。北鶴宮の裏手には後宮へと繋がる通路があるため、そこから逃げるのだろう。

「春蘭……」

仲望は奥歯を嚙み締めた。まだ、自分は大広間から動くことはできない。永遠とも感じられる時間を破ったのは、楊秀の副官である陸万里《りくばんり》だった。

「遅れて申しわけありません」

額に玉の汗を浮かべた万里は、神経質そうな顔を苦しげに歪めた。肩で息をついている。よほど急いで駆けつけてきてくれたのだろう。

「楊秀様より預かり物です」

「すまない」

布にくるまれた剣と弓を受け取る。ずっしりとした重みは、ここ数日で慣れ親しんだものだ。武具も欲しいところだが、わがままは言えない。鎧甲をつけた万里は、すぐにまた陣頭に戻るのだろう。「ご武運を」とだけ口早に告げ、走り去った。

「春蘭は後宮か……」

宮中が混乱している中、後宮の守りも薄くなる。忍び込むことはできるが、果たして春蘭を見つけられるかどうか。しかし、玄楽は間違いなく春蘭を求めて後宮に向かうだろう。男子禁制の後宮に足を踏み入れることへの抵抗はあるが、それよりも春蘭を守らなければならないという気持ちが勝っていた。

　腹を括った仲望は、露台に足を向けた。その時、行く手を遮るように小柄な影が飛び込んできた。

「君は――」

　肩で息をしているのは、妓楼で働いている少年、袁蒼羽《えんそうう》だった。妓女達にも引けを取らない美貌《びぼう》の持ち主で、年齢が近いせいもあるのか、よく春蘭や祥琳と行動を共にしていた。口が利けず、いつも身振り手振りで気持ちを伝えていた。

「なぜ、逃げなかった！」

　月儀達はもういない。逃げ遅れたのか。せめてここから逃がそうと視線を巡らせたところを、今度は力強い手に肩を叩かれる。

「よう、鄭《てい》の旦那」

　黄海楼の警固である芳蘇啓《ほうそけい》が立っていた。

　年齢は仲望よりも上で、恐ろしく厳《いか》つい顔立ちをしている。門番など警固の取りまとめ役だけあって、屈強な肉体の持ち主だ。

「春蘭を連れ戻すんだろ？　蒼羽が案内するってさ」

「だが、案内といっても――」

「こいつは元宦官だ。後宮にも詳しい。俺はさしずめ護衛ってとこだな」

　驚いて蒼羽を見れば、決意を滲ませた双眸と目があった。ありがたい申し出だが、それでも簡単には頷くことはできない。

「宦官ならばわかると思うが、後宮は男子禁制の場所だ。混乱時とはいえ、気づかれれば処罰されるぞ」

問答無用で斬り捨てられても文句は言えない。しかし、蒼羽の決意は変わらないようだった。

「覚悟の上だ。楼主の許可は取ってある。俺達も、春蘭のことでは腹を立ててるんだよ。ここで皇帝に一泡吹かせてやろうぜ」

間違って迷い込んだことにでもすればいいだろ、と蘇啓は豪快に笑った。彼らを危険にさらすわけにはいかないと思いながらも、蒼羽がいれば玄楽よりも先に春蘭を見つけることができるかもしれないという希望が、仲望の胸を過る。

「……わかった。ただし、俺の指示には従ってほしい」

巻き込むからには、彼らに血を流させるわけにはいかない。無事に妓楼へと返さなければ、危険を承知で送り出してくれた月儀に顔向けができない。二人が頷くのを待って、仲望は歩き出した。

「洪《こう》采《わ》殿」

酷く顔色の悪い槍《そう》幽《ゆう》の姿があった。

場所が場所なだけに、小心者ですからと自分で言い切るような槍幽には拷問にも等しいのだろう。洪采達が潜んでいるのは、宴が行われている北鵷宮から離れた、とある宮の敷地内だ。門からは奥まった所に待機しているため、中まで入って来られなければ見つかる心配はない。洪采と槍幽の他に、二十人の仲間達も待機している。

　外塀が姿を隠してくれるとはいえ、表の通りでは禁軍兵がうろついているため、常に張り詰めた緊張感が漂っていた。

「煙が上がったな」

「出だしは、上手くいったようですね」

　一旦は胸を撫で下ろした槍幽だったが、これからのことを考えると不安でしかたがないらしい。しきりに腹を押さえ、「胃が痛いです」と訴えている。槍幽は滅多なことでは自ら剣を取ることのない裏方のため、余計に気が張っているのだろう。

「本当に行くんですか？」

「ああ。俺がここにいても意味はないからな」

「まだ体調も万全ではないというのに……」

　警戒が厳重な今回、真正面からぶつかっても勝ち目はない。宴を阻止するのが目的ならば、と槍幽が提案したのは、禁軍兵を分散させる作戦である。

　北鵷宮の警備が手薄になれば、否でも応でも宴を中止せざるを得ない。宮中の建物に火を放ち、兵士らを火事場に集中させる。警備の人数を減らしたところを襲撃すれば、こちらの不利を補うことができるだろう。

　敵に捕まっていた洪采は、怪我こそないが薬の影響でまだ手足に痺れが残っている。本来ならば戦える状態ではない。だが、今回の襲撃は猩猩緋の総力をあげて行われるもの。自分だけが、安全な場所にいるわけにはいかない。

「それに、やっぱり兎天《うてん》殿の動きはおかしい。配下に見張りを頼んでおいたら、北鵺宮ではなく真っ先に後宮に向かったと報告があった。絶対になにか企んでいるはずだ」

「気をつけてくださいよ。あの方のことですから、見つかったら叱責だけじゃすみませんよ」

　口封じに殺されないでくださいね、と檜幽は冗談めかして言った。

「完全に鎮火される前に撤退します。忘れないでくださいよ」

「わかってる。見取り図もあるんだ、迷子にはならないさ」

　朱緋《しゅひ》が手に入れて来た見取り図は、宮中の建物や通路などが事細かに描かれていた。いったいどこから調達してきたのかと怪しむくらい、精密な見取り図である。万が一、檜幽達と合流できなくても、これがあれば単独での脱出も可能だ。

「ご武運を」

「むしろ、そっちのほうが危険だろ。俺じゃなくて、自分のことを心配しとけって」

「私は大丈夫ですよ。逃げ足にだけは自信がありますからね。みなさんにも、いざとなったら真っ先に逃げると宣言しています」

「そりゃ、お前が残っても足手纏いにしかならないからな」

槍幽の立場は軍師に近い。洪采の武器が槍《やり》ならば、槍幽の武器は頭脳なのだ。今回は陽動の人数確保のため、実戦経験のない者達も交じっている。

「じゃあな。しっかり逃げろよ」

「言われなくても、そうします」

洪采は黒い布で顔の下半分を覆い隠すと、槍幽に見送られ今まで隠れていた建物を出た。

宮中には使用されていない宮が多く、北鵲宮の近くでなければ内部までは見回りの手が及ばない。それを逆手にとって、猩猩緋の者達は昨夜のうちに夜陰《やいん》に乗じて侵入を果たしていた。

洪采は慎重な足取りで、屋根伝いに後宮に向かった。眼下には、慌ただしく動き回る兵士達が見える。侵入者を阻むための高い外塀が、今は洪采の姿を隠す目隠しとなっていた。痺れの残る手足を思えば、できるだけ兵刃《へいじん》を交える事態は避けたい。

「そういえば、師匠の姿も見なかったな……」

今回の襲撃に参加しているはずだが、姿を見かけなかった。

そういえば前に、朱緋は別口の任務で華安に来たと言っていた。それは片づいたのだろうか。少しだけ気に掛かった。

第六章

　他の妃妾達と共に後宮へ退いた春蘭《しゅんらん》は、いそいで自分の室へと向かった。そこには事態を聞きつけたのだろう。不安げな表情を浮かべた侍女達の姿があった。

「春蘭様。その格好では、移動し難いでしょう。こちらにおいでください」

　硬い表情を浮かべた明佳《めいか》は、侍女達に指示を出して春蘭の装いを解く。

　髪は簡素に結い上げられ、服装も動きやすいものに替えられた。薄桃色の上衣は袖が短く、藤色の腰裙《ようくん》も余分な生地の厚みがない。いつもは引き摺るように長い裳裾も足首のところで終わっていた。

「これでいいでしょう」

　明佳は満足げに春蘭を眺める。そして、すぐにそれを真面目《まじめ》な表情に切り替えた。

「これから黎貴妃《れいきひ》様の宮へ参ります」

「なぜだ？」

「あそこならば、黄玉宮《おうぎょくきゅう》よりも警備が厳重です。ここでは火の手があがった場合、逃げ遅れる恐れがあります」

「……わかった」

春蘭にとってはなにより玄楽《げんらく》を警戒しなければならないが、まずは侍女達を安全な場所に避難させるのが先決だった。西離宮が最適だというならば、それに従うまでである。

「参りますよ」

明佳が先導し室を出る。侍女達は春蘭を囲むように歩き出した。九嬪《きゅうひん》の間はもともと人気がないため、襲撃を受けている最中とは思えないほど静寂に満ちている。明佳は辺りを警戒しながら、一定の速度を保って廊下を進む。

春蘭を囲む侍女達は主が怯えてはいけないとの使命感からか、「きっと、禁軍の方々が守ってくださいます」「手をお繋ぎしましょうか?」「気分が優れない時は、すぐにおっしゃってくださいね」と、口々に労《いたわ》りと励ましの言葉をかけてくれる。

彼女達にとって春蘭は、風に吹かれて飛んでしまいそうなほどか弱い存在であるらしかった。妓楼の者達が聞いたら、大声で笑うこと請けあいだ。長い廊下を抜けると、そこには四方を回廊に囲まれた、日当たりのよい中庭が広がっていた。

「あと少しですわ」

明佳の言葉に、侍女達が安堵の息を漏らす。ここまでくればもう安全だろう、とみなが肩から力を抜いた刹那《せつな》。前方を、屈強な宦官達を引き連れた元法《げんぽう》が塞いだ。

「お捜ししましたよ、春蘭様」

穏やかな笑みを浮かべてはいるが、春蘭に向けられた元法の眼は冷ややかだ。その間に割って入るように、明佳が立ち塞がった。

「このような時に、なんのご用でしょうか？」

「陛下のご命令です。安全な場所にご案内するよう、仰せつかりました」

あの男がそのような気を回すはずがない。元法の言葉は嘘だ。春蘭は確信した。明佳も怪しんでいるようで、春蘭を背に庇ったまま動かない。しかし、元法は〝陛下の命令〟を大義名分に、春蘭の身柄を要求する。

「さて、春蘭様を渡していただこう」

「……応じられません。それに、どうかご心配なく。これから全員で、〝安全な場所〟に避難するところです」

「黎貴妃様の離宮が安全だと？」

元法は心底おかしいとばかりに、袍の袖で口元を覆った。

「ああ、そういえばお前は、黎貴妃様の傍に侍る侍女と血縁関係にあったな。おおかた、西離宮にお連れする途中で、混乱に紛れ春蘭様を殺害するつもりだったのだろう？」

黎貴妃様の命令で、と元法は告げた。そして、春蘭に媚《こ》びるような眼差しを向ける。

「春蘭様。その侍女は敵です。幼いあなた様につけ込み、お命を脅かそうとしている。こちらにいらっしゃい」

さあ、と猫撫で声で手を差し伸べる元法に、春蘭は呆れた。この宦官は、本気で春蘭が己の手を取ると信じているのだろうか。だとすれば、よほどめでたい頭である。

「私はそれほど邪魔なのか？」

「黎貴妃様は恐ろしいお方です。己の地位を脅かす存在を放っておかないでしょう」

「違う。ぬしのことだ。妃妾と宦官は立場が違う。それでも、新しい寵妃の台頭は許せぬか」

首を傾げれば、明佳が硬い口調で応じた。

「おそらく、これ以上、己よりも権力を持つ存在を増やしたくないのでしょう。宦官の中で頂点に立っていても、寵愛を受ける妃妾様方からすれば、たいしたことありませんからね」

笑みを浮かべていた元法の表情が、一転して醜く歪められた。今まで美貌の宦官に頬を染めていた侍女達が、突如、剝き出しになった本性に体を震わせる。それが愉快だったのか、元法は獲物をいたぶって遊ぶ捕食者のような愉悦に満ちた笑みを浮かべた。

「叫んだところで、誰も助けには来ませんよ。この辺りは、黎貴妃様を恐れて誰も近づきませんからね」

「お逃げください、春蘭様！」

明佳の悲痛な声が回廊に響く。元法の背後に控えていた宦官達が、春蘭に目を据えたまま動き出した。この場で殺すつもりはないのか、手にあるのは手足を拘束するための縄である。

だが、その手が春蘭に伸びるより早く、一本の匕首《あいくち》が床に突き刺さった。

屋根の上を仰げば、全身を黒衣で覆った男が立っていた。覆面の隙間から覗く茶色みがかった赤い瞳に、春蘭の背筋が粟立《あわだ》つ。圧倒的な力の前に屈しかけた恐怖が蘇《よみがえ》り、知らず唇を嚙み締めていた。

「おい。そいつは俺の獲物だ」

玄楽、と春蘭は呟いた。まさかこれほど早く見つかってしまうとは。後宮の迷路のように複雑な造りが玄楽を阻んでくれることを期待していたのだが、相手の悪運の強さが勝ってしまった。

「しょ、猩猩緋《しょうじょうひ》だ！」

宦官の一人が、玄楽の腕に巻かれた深紅の布を指さして叫んだ。優位に立っていたはずの者達から、どよめきが起こる。侍女達も釣られたように悲鳴をあげた。

今だ、と春蘭は声を張り上げた。

「白桃《はくとう》！」

腰紐に下げた玉が淡い光を発する。それは大虎の形となり、春蘭を守るように玄楽との間に立ち塞がった。

猩猩緋に続き、唐突に現れた大虎に、さすがの宦官らも驚きのあまり声を失っているようだった。春蘭が命じるよりも先に主の意向を汲んだ白桃は、素早い身のこなしで宦官の間に割り入ると、後ろ脚を使って中庭目掛け蹴り飛ばした。

元法を含めた宦官達は、悲鳴を上げる暇もなく中庭に造られた池に落下する。戻ってきた白桃に跨がった春蘭は、突然のことに茫然とする明佳達を振り返った。

「明佳。みなを連れて、西離宮に向かってくれ！」

「ですが……」

「私のことは気にするな。今まで世話になった」

春蘭を背に乗せた白桃は、中庭の石灯籠《いしどうろう》を足場に屋根へと駆け上る。間近に迫った白桃に、ずぶ濡《ぬ》れになった宦官達が無様な悲鳴をあげた。

「別れは済んだか？」

逃がさない自信があるのだろう。玄楽は春蘭が屋根に上るまで、攻撃を仕掛けようとはしなかった。横目で明佳達が言いつけ通りに動くのを確認する。一刻も早くこの場を離れ、安全な場所に移ってほしかった。

「ぬしは、襲撃に参加せずともよいのか？」

「俺の本命はこっちなんでな」

不敵な笑みを浮かべた玄楽だったが、すぐに眼差しを真剣なものに変えた。

「悪いが、今度こそ隷属させてもらうぞ」

玄楽が跳躍すると同時に、白桃も動いた。屋根を白銀の巨体が駆け抜ける。激しく上下に揺すられながら、春蘭は振り落とされないようしがみつく手に力を込めた。

真名《まな》を奪われたのは、己の慢心からだった。

あの時、春蘭の守る邑《むら》が、野盗の一団に襲われた。白桃が追い払おうとしたが、白い虎が珍しかったのだろう。野盗の一部が狙いを白桃に変えた。その間も、邑には野盗の手勢が迫っている。久し振りに、人間相手に守り神の力を使おうかと思った時、玄楽が現れたのだ。

玄楽は邑人達と協力して、あっという間に野盗を追い払ってしまった。それから数日ほど邑に滞在して、春蘭が祀《まつ》られている社《やしろ》へとやってきた。

神獣を目撃して、守り神の存在を確信していたのだろう。玄楽は社の前で、あれこれと勝手に話をしはじめた。邑を助けて貰った恩もある。春蘭は姿を隠し、風に声を載せて玄楽に語りかけた。

礼を告げれば、一つだけ願いがあるのだという。一度でいいから、神という存在を自分の目で見てみたい、と玄楽は言った。

それくらいならばよかろうと、春蘭は深く考えずに頷いた。守り神を害するような不届き者はいないと、決めてかかっていたのだ。

玄楽の前に姿を見せた、その瞬間。

春蘭は真名を奪われていた。

とっさに人の姿に戻れたのは僥倖だった。

真名を得たことで、玄楽も油断していたのかもしれない。そのおかげで、春蘭は逃げ延びることができた。

——あの時、油断さえしなければ。

何度、後悔したかわからない。

春蘭は、真名を奪われた時のことを思い出し、歯を食い縛った。背後からは、玄楽が猛然と追い立ててくる。計画通り、退路に向かうべく白桃に指示を出そうとした時だった。

白桃がいきなり進路を変える。

「なっ、そっちは――」

違う、と春蘭は言い掛けるが、白桃はかまわずに屋根の切れ目にあった中庭へと降りてしまう。黄玉宮内だとはわかるが、記憶にない庭園に春蘭は戸惑《とまど》った。四方を回廊が囲み、庭には白い玉砂利が敷かれている。その中央には苔《こけ》の生えた巨石があった。

「白桃、なぜここに」

「逃げるのは、もう終わりか？」

春蘭の背後に、玄楽が降り立った。

白桃、と呼ぶが、春蘭に忠実な神獣は玄楽と向かいあうように体の向きを変えただけで、逃げる素振りを見せない。

「白桃！」

玄楽と白桃の力の差は歴然としている。神獣である白桃だが、牙を交えずとも相手の力量を悟っているのだろう。出会《でくわ》す度に、白桃が選ぶのは逃げの一手のみ。それ以外に、春蘭を守る方法はないと言っているようだ。

焦りが滲む。このままでは、玄楽に捕らえられてしまう。

仲望《ちゅうぼう》、と名を呼びたくなる。

差し伸べられた手を拒んだのは自分だ。仲望が実の兄と争う姿を見たくなかった。それなのに、助けてほしいと望んでしまう。傍にいてほしいと願ってしまう。

「大人しく隷属するんだな」

感情を殺したような玄楽の声が響く。白桃の背にしがみつく手が震えた。

「バウウゥゥ！」

不意に、白桃が空に向かって咆吼《ほうこう》する。まるで、己の居場所を伝えるように、力強く。

そして、春蘭は信じられないものを見た。

玄楽目掛け、剣が振り下ろされる。

なんなく弾《はじ》かれてしまったが、すぐに次の一撃が玄楽を襲う。

これは夢だろうか。

春蘭の双眸から涙が零れた。

「仲望！」

万感の想いで名を叫べば、仲望が微かに笑んだ気がした。仲望は春蘭を背後に庇うように立ち塞がると、玄楽に向かって剣を構える。

「下がっていてくれ」

春蘭はなにか言わなければ、と口を開きかけたが、急に後ろに下がった白桃によってきっかけを奪われてしまった。

「白桃、まさかぬしは仲望の気配があったから、こっちに来たのか？」

命令無視の理由を問えば、白桃は悪びれた様子もなく背に乗っている春蘭を振り返って、一声吼えた。あのまま逃げ続けるよりも、仲望を頼ったほうがいいと判断したのだろう。

思わず抗議しそうになった春蘭だったが、回廊へと続く廊下から飛び出してきた人物を見て、己の目を疑った。

「おおっ、蒼羽《そうう》。なんか広いとこに出たぞ」

なぜ、蘇啓《そけい》と蒼羽が後宮にいるのか。蒼羽を片腕に座らせた蘇啓は、辺りを物珍しげに見回している。そして、春蘭のところで目を止めた。

「おう、春蘭じゃねぇか。って、なんだその虎は！」

蘇啓は忙しなく驚愕《きょうがく》の声をあげる。逆に、蒼羽は驚く様子をまったく見せず、蘇啓の腕から飛び降りるなり、無表情のまま春蘭に走り寄った。そして、両手で確認するように全身を触りはじめる。怪我の有無を確認しているらしい。止めさせようにも、あまりの蒼羽の必死さにされるがままだった。

「なぜ、ぬしらがここに？」

「道案内だよ。蒼羽は元宦官だ」

告げられた事実に春蘭は瞠目《どうもく》する。蒼羽を見れば、いつもと変わりない表情で小さく頷いた。

「とりあえず、こっから出るぞ。鄭《てい》の旦那には、お前を見つけたら連れて逃げろって言われてるからな」

白桃を警戒しながら、蘇啓は春蘭を抱え上げようとする。春蘭は逡巡した。仲望は玄楽を足止めするために剣を振るっている。

「ここにいても、足手纏いになるだけだ。それに、男の決意を無駄にするもんじゃねぇ」

「……！」

春蘭の想いは、白桃が走り出したことによって断ち切られた。白桃は春蘭の安全を第一に考えて行動する。その一点において、白桃は春蘭の命令を違《たが》え、己の意思で動く。先代の守り神が、そう命じたからだ。

「おい、待てって！」

蘇啓の慌てた声が背後から追ってくる。

「止まれ、白桃！」

まだ安全ではない、と感じているのか、白桃は構わずに走り続ける。

だが、側面から飛び出してきた影に、白桃は脚を止めた。警戒するような唸《うな》り声をあげるが、なぜかそれはすぐ解かれることになる。白桃の背から顔を上げた春蘭は、尻餅をついていた青乎《せいこ》と視線がかちあった。その光景が、既視感を生む。

「あ……」

突然のことに恐れをなして、顔を真っ青にした青乎だったが、なぜか白桃を穴が開くほど凝視したあと、震える声で叫んだ。

「あの時の〝神様〟……！」

「神様？」

確かに自分は守り神だが、青乎のことは知らない。それでも、続けられた言葉に春蘭は目を丸くした。

「俺、じゃなくて、私にきれいな袍をくださいましたよね！」

春蘭の脳裏に、果物を抱えた農民の子が蘇る。確かに、動きやすい短服と、少年が抱えていた果物を貰う代わりに、自分が着ていた袍を交換した覚えがある。それが青平だったというのか。

「春蘭様が、神様に乗っていた女の子だったんですね」

どうやら、青平は白桃を〝神様〟と勘違いしているようだ。畏怖《いふ》するような眼差しを向け、居住まいを正した。

「ずっとお礼を申し上げたかったんです」

「ぬしに礼を言われるようなことをしたつもりはないが……」

代価として袍を置いて行ったが、青平の了承を得たものではない。むしろ、批難されてもしかたないのに、青平の瞳はきらきらと輝いていた。

「袍を売ったお金で、私は宦官になりました」

「それは……」

春蘭は顔を曇らせた。農民の子が、望んで宦官になるとは考え難い。大方、家族に強要されたのだろう。しかし、春蘭の表情に気づいた青平は首を振った。

「いいんです。私一人でも、食《く》い扶持《ぶち》が減った分だけ家族の暮らしは楽になります。それに、死ぬまで畑を耕して暮らすものだと思っていました。でも、宦官になることで違う道が拓《ひら》けた。ここでは自分が知らなかったことをたくさん学べます。出世すれば、邑の家族を呼び寄せることができるかもしれません」

　だから、ずっとお礼が言いたかったのだ、と青乎は語った。しかし、春蘭の愁眉《しゅうび》は開かない。

「どんな理由があっても、ぬしの人生を変えてしまったことに違いはない」

　後宮は恐ろしい場所だ。他者を蹴り落とすことを誰も躊躇わない。そうしなければ、己の地位すら危うくなるのだ。そんな世界に、青乎はなんの知識もなく放り込まれた。

「あのままならば、貧しくはあったが、平穏な人生を送れただろう」

「そうかもしれません……。ですが、宦官になったことを後悔はしていないんです」

　その真っ直ぐな瞳が、仲望のそれに重なる。実の兄と争うことになっても、仲望は一度として春蘭を責めなかった。春蘭さえあらわれなければ、彼もまた平穏な生活を送っていたことだろう。

　後悔はしていない、と告げる青乎に春蘭は唇を嚙み締めた。

「ようやく追いついたぜ！」

　蒼羽を背に負《お》ぶった蘇啓は、春蘭を見つけるなり安堵の息を吐いた。青乎は宦官の袍を着ていない蘇啓達に眉を顰める。

「春蘭様、この方々は」

「すまぬ。私を助けに来てくれたのだ。見逃してくれ」

　白桃の背から降りた春蘭は、腰紐に結わえていた玉を手に取る。

「白桃、玉に戻れ」

「バウッ」

抗議するように鳴くが、春蘭は強い口調で命じる。

「命令だ」

白桃は逡巡するように春蘭の周りをうろうろとするが、やがて観念したように玉の中へと姿を消した。蘇啓が驚いたように目を見張る。

「なんだ、しまっちまうのか？」

「悪いが、ここから先は二人で行ってくれ。私は仲望の元へ戻る」

以前は、玄楽に対する恐怖から、逃げろという仲望の言葉に従ってしまった。安全な場所に隠れて、はじめて自分のとった行動を後悔した。もう二度と、あんな思いはしたくない。青平の真っ直ぐな瞳に、その想いが募《つの》った。

「間もなく、猩猩緋が後宮に入り込んだという情報が広まるはずだ。そうなれば、見ず知らずのぬしらも仲間と勘違いされる恐れがある。先に逃げてくれ」

「いいのか？」

「ああ。仲望をここまで連れてきてくれて助かった。ありがとう」

春蘭が微笑めば、蘇啓は困ったような顔で頭を掻いた。

「しかたねぇな。って、蒼羽。頭を叩くんじゃねぇよ。春蘭が決めたことだ、止めるだけ野暮ってもんだろうが」

そして、蘇啓は春蘭の頭を乱暴に撫でた。

「悪いな、春蘭。真面目に逃げねぇとやばそうだからよ」

「行ってくれ」

「……あとで、妓楼に来いよ。絶対だからな」

それだけを告げると、蘇啓は暴れる蒼羽を宥めながら走って行ってしまった。あとは彼らが上手くここから逃げてくれればいい。

「青平もどこかへ行く途中ではないのか」

「あ、はい。薛昭《せつしょう》儀《ぎ》様の元へ向かうようにと、安世《あんせい》様に言われました。そこならば、警備がしっかりしているだろうから、と。春蘭様はどうなされるのですか？」

「待て。西離宮ではないのか？」

「黎貴妃様のところですか？　いいえ。私は薛昭儀様のところへとしか言われておりません」

「そうか……」

明佳は後宮で西離宮がもっとも安全な場所だと言っていた。しかし、安世は青平に対し、黎貴妃ではなく薛昭儀の元へ行くようにと言った。そこがなぜか、引っかかる。

「春蘭様？」

「いや。なんでもない」

春蘭は余計なことは考えまいと、頭を振った。今まで自分は、対抗する手段がないからと、理由をつけて玄楽から逃げ続けていた。

——だが、それも今日までだ。

覚悟を決めよう。おそらく、このままでは永遠に真名を奪い返すことはできない。春蘭は深く息を吸い込んだ。

「青乎」

「はい！」

「ありがとう」

ぬしのお陰で腹が決まった。胸中で告げ、春蘭は走り出した。

激しい剣戟の響き。

仲望は官服の裾を翻し、残像が見えるほどの速さで振り下ろされた剣を反射的に受け止めた。頭ではなく、体が勝手に動いた。そうでなければ、一刀両断、斬り伏せられていただろう。

両腕に凄《すさ》まじい負荷がかかる。押し切られるわけにはいかない、と奥歯を噛み締める。

「どうして、生きているなら報《しら》せをくれなかったんですかっ」

「…………」

春蘭と出会い、玄楽が生きているかもしれないとわかった時から聞きたかった。

間近で告げた言葉に、相手は目を細めただけだった。記憶に鮮明に残る赤みがかった茶褐色の瞳は、同じようで違う。仲望に向けられる視線は常に力強く、それでいて楽しげに輝いていた。

――こんな、無機質な瞳を自分は知らない。

唇を噛み締め、渾身の力で剣を撥ねあげる。だが、仲望が体勢を整える間もなく、真横に斬り払われる。辛うじて受け流すが、続けざまの猛攻に後退を余儀《よぎ》なくされる。

「答えてください、兄上！」

縋るような思いで呼び掛けるが、やはり反応はなかった。仲望は歯軋《はぎし》りする。

昔からそうだった。玄楽は、大切なことほど仲望に教えてくれなかった。弟に心配をかけないようにと、配慮してくれたのだろう。だが、仲望にとってそれは、透明な壁のように思えてしかたなかった。

なんだって話してほしかった。辛いことでも、大変なことでも、嬉しいことだって。頼ってほしかったのだ。弟として、一人の男として。だが、玄楽の瞳には、仲望は小さな子供としてしか映ってはいなかった。

昔も、今も――。

「なぜ、春蘭を狙うのです！」

攻撃を受け流しながら、仲望は諦めずに問い掛け続けた。

せめて相手の優勢を崩そうと、足許を狙うがすぐに避けられてしまう。禁軍を離れて四年。

自分はいったい、なにをやっていたのだろう。右目と左足の後遺症、それに兄という大きな目標を失ったことを理由に、怠惰な生活を送ってきた。

それが、どれほど愚かなことであったか、このような形で思い知らされるとは。

相手は息一つ乱していないのに、仲望は全身にびっしょりと汗を掻いていた。肩で荒い息をつき、剣を握る手からはじょじょに感覚がなくなりつつある。このままでは、自分の体力が尽きる方が早いだろう。

「あなたの思い通りにはさせない！」

しかし、全力で挑んでいるにもかかわらず、余裕を見せる相手に仲望は内心で舌を巻いた。ぎりぎりで間にあったことに安堵する。白桃の咆吼が聞こえなかったら、未だに春蘭を捜して彷徨っていたことだろう。

蒼羽に案内されて入った後宮は、静まり返っていた。蒼羽がわざと人気のない道を選んでいたのと、猩猩緋の襲撃に怯え、後宮で暮らす者達が室に閉じ籠もっていたからだ。ときおり、武具を身につけた宦官の姿を見かける以外、仲望達は誰とも会わずにここまで来ることができた。

仲望は容赦なく相手の急所を狙う。躊躇っていたら、あっという間に形勢を逆転されてしまう。兄を相手に勝てるなどとは思っていない。蘇啓には、春蘭を連れて逃げてくれるよう頼んである。春蘭が逃げ延びられるだけの時間を稼げればいいのだ。

「あなたは、春蘭の力を得てなにをしようとしているのですか？」

「答える必要はないな」

だが、仲望は問い掛けを止めない。鍛錬を繰り返す日々の中、仲望は兄のことを考えた。

なぜ、四年前の戦で己の死を偽ったのか。

玄楽は、なんの理由もなく家を捨てるような人物ではない。ならば、そうせざるを得ない理由があったのだ。

　そして、今。

　兄に会って、確信した。その腕に巻かれた、血のような赤い布。猩猩緋の一員である証《あかし》。〝鄭玄楽〟を死者としたのは、唯一の血縁である仲望を巻き込まぬためだったのだ。

「なあ、仲望。民は疲弊してるんだよ」

　剣を持つ手が痺れるほどの一撃を、仲望は辛うじて受け止めた。至近距離にある瞳に、歯を食い縛りながら必死に耐える自分の顔が映る。

「五大夫の専横にはじまり、先帝による莫大な浪費。そして、今の皇帝は戦好きの残虐《ざんぎゃく》非道な性格ときてる。これ以上、民は耐えられない」

「だから、猩猩緋に身を投じたと？　でも、それは春蘭を狙う理由にはならない！」

　叫ぶと同時に、仲望は玄楽の体を押し返した。距離を取り、肩で荒い息をつく。悔しいことに玄楽は、息一つ乱してはいなかった。

「民には、賢君が必要だ」

「なら、なぜあなたは太子の元に残らなかった。あなたがいれば、太子派だってもっと――」

剣が顔面すれすれを掠めた。仲望は鋭い一撃を、紙一重で避ける。

「太子を傍で支えることが、すべてじゃない」

玄楽が肉薄する。出遅れた仲望は、右肩を狙ってくる突きを、とっさに剣の表面で受け止めた。鈍い音が響き、仲望の手から剣が弾き飛ばされる。

「終わりだ」

「でも、春蘭を逃がすだけの時は稼げた」

仲望は感覚の乏しい右腕を庇いながら、玄楽を睨みつけた。後宮に詳しい蒼羽が、きっと春蘭を外に逃がしてくれるだろう。

「……残念だったな、仲望」

玄楽の台詞《せりふ》に、仲望は訝《いぶか》しんだ。その視線は、仲望を通り越して背後に向けられている。

まさか、と思い振り返れば、そこには肩で息をしている春蘭が立っていた。

「なぜ……！」

戻ってきたのか。想いが伝わったのか、春蘭は泣きそうな顔で微笑んだ。

「逃げられるわけがなかろう」

春蘭はそう告げると、足許に転がる剣を拾う。真ん中から上の部分がなくなった剣は、それでも春蘭には不釣りあいなくらい大きい。玄楽が嘲《あざけ》るように笑った。

「それで、俺と戦うつもりか？」

「そうだ」

頷いて、春蘭は己の首に剣を宛がった。双眸には強い力が宿っている。

「ここで私の命を断てば、真名も効力を失う。ぬしの負けだ！」


空を見上げれば、数本の黒い煙が細長い尾のように立ち上っていた。

壁に寄り掛かった洪釆《こうわ》は重い息をはく。拘束されていた時から感じていた手足の痺れは、解放されて数日経った今も洪釆を苦しめていた。

「あー、しんど」

兎天《うてん》が人知れず後宮へと向かった、という報を受けたのはいいものの、具体的な場所までは聞き及んでいない。そして、後宮は洪釆が思っていた以上に広かった。これでは兎天を捜すどころではない。警戒しながら薄暗い廊下を抜ければ、そこは日当たりのよさそうな中庭だった。大きな池が設けられ、周囲には菖蒲《しょうぶ》や杜若《かきつばた》が咲いていた。

「ここはどこだ！」

体の自由が利くのならば、さっさと屋根に登りなんの障害もない空間をあっという間に駆け抜けることができるのに。

誰か人を捕まえて道を訊ねたほうが手っ取り早いのではないだろうか。洪釆は迷った末に、腕に巻いていた赤い布を取り、懐に隠した。禁軍の兵士には見えないので、龍乎《りゅうこ》とでも偽ればいいだろう。後宮の警備を命じられたが、運悪く迷ってしまった——よし、これでいこう。

「人……人……」

先ほどとは逆に、洪采は人の気配を求めて壁伝いに歩き出した。すると、さほど行かないうちに、突き当たりの通路から顔だけを覗《のぞ》かせ、周囲を警戒している少年を見つけた。向こう側を向いているためこちらに気づいた様子はない。服装から見るに、宦官かその見習いなのだろう。

これ幸いとばかりに、洪采は少年の肩に手を置いた。道を訊ねるべく口を開こうとすると、

「ひいっ！」と引き攣った悲鳴があがる。

「静かにしろ」

恐る恐るといった様子で振り返った少年は、洪采を見て不安に眉を曇らせた。

「龍乎の兵だ」

「えっ、そうだったんですね。さすがに今度は、賊徒かと思いました」

間違いではないのだが、まさか肯定するわけにもいかない。少年はまだ幼く、道を訊ねるには少々心許ない相手だった。だがこの際、相手を選んではいられない。

「猩猩緋を追っている間に、迷い込んでしまったんだ。怪しい人物を見なかったか？」

「いいえ。見ていません！」

少年は大袈裟《おおげさ》な態度で、勢いよく首を横に振った。それに怪しさを感じたものの、こちらに緊張しているだけかもしれないと思い直す。

2023 3 中公文庫　新刊案内

まんぷく旅籠　朝日屋

あつあつ鴨南蛮そばと桜餅

高田在子

書き下ろし

朝日屋の主・怜治の元同僚、火盗改の柿崎詩門が盗賊に斬られたらしい。安否を確かめにいった怜治だったが、本人に会うことはできず……。

●770円

めざめ

赤川次郎

両親を惨殺された11歳の美沙は心を閉ざしてしまう。娘を救うため、〝母〟の願いが奇跡を起こす。親子の絆と再生を描く感動の長編小説。〈解説〉山前 譲

●770円

「そうか。じゃあ、西離宮へ向かう道を教えてくれないか？」

「西離宮へですか？」

「ああ。賊徒が黎貴妃様を狙っているらしい。手が空いている者は、守りを固めよという陛下の命令だ」

「へ、陛下の！」

少年は驚いたような声をあげた。西離宮の名をあげたが、当てずっぽうで言ったわけではない。兎天もなんらかの目的があって、後宮に向かったはず。

目当ては皇帝か、それとも寵妃と噂される黎貴妃か。

皇帝をし損じても、悪女と名高い妃を討てば民衆からの支持もあがる——もっとも、兎天がそのようなことを考えているかどうかは、定かではないが。ただし、延々と後宮内部を歩き回るよりも効率的である。

「わかりました。ご案内いたします」

大役だと頬を紅潮させる少年に、洪来の良心がちくちくと痛んだ。まさか、その賊徒本人だとは思うまい。しかし、素直すぎる少年だ。もう少し他人を疑うことを覚えないと、後宮では暮らしていけないのではないだろうか。

「私は青乎と申します」

「そうか。俺は李《り》という」

「わかりました。李様ですね」

とっさに浮かんだ偽名は、まだ幼い少女の姓だった。そういえば、春蘭も後宮にいるんだったな、と洪采は思い出す。こちらです、と少年は先導するように歩き出した。洪采は槍を握り締め、そのあとに続く。

「この辺りは迷路のようなものなんですよ。私も夜などは、未だに迷ってしまいます」

青乎の案内で、洪采はようやく迷路のような場所を抜けだした。しばらく歩くと、青乎が立ち止まる。

「この回廊を真っ直ぐ向かった先が、西離宮となっております」

「そうか。助かった。できれば、安全な場所まで送ってやりたいが……」

「大丈夫です」

しっかりとした口調で青乎は告げた。すると、回廊の奥のほうからこちらへと向かって来る気配がある。それに気づいた青乎も、緊張に体を硬くした。洪采は少年を背後に庇うように、一歩前へと出る。

暗がりから姿をあらわしたのは、一人の宦官だった。その視線が洪采を捉え、わずかに見開かれる。あ、やべっ、と洪采は内心で呟いた。陳安世《ちんあんせい》は猩猩緋の仲間である。捕らえられていた洪采を見つけ、逃がしてくれたのも彼だ。

「安世様！」

「青乎と、それから……あなたは？」

口調は優しいが、目が笑っていない。本来ならば洪采は、猩猩緋の者達が逃走する際の補助をする役目を担っていた。青乎がいなければ、開口一番に叱られていたかもしれない。

「龍乎の方を西離宮へ案内しておりました」

「龍乎、ね」

こちらを見る視線が痛い。

「青乎は薛昭儀様のところへ急ぎなさい。賊徒が後宮にも入り込んでいるようです」

「わ、わかりました！」

少年が頷いた時だった。安世が凄まじい形相で、青乎と洪釆を庇うように前に出た。

「——安世」

顔を上げれば、そこには全身を黒衣で固めた人物がいた。両手には血塗《ちまみ》れの双剣が握られている。顔を隠すための鬼を象《かたど》った舞楽面をつけ、悠然とその場に佇んでいた。

「兎天殿！」

とっさに駆け寄ろうとしたが、安世の腕に阻まれる。見れば、安世の顔は青褪めていた。

「これはどういうことです？」

男とも女ともつかない、中性的な声が響く。

「私は洪釆を救出するのではなく、自殺に見せかけて殺せと命じたはずですよ」

洪釆は唖然《あぜん》とした。聞き間違いか、もしくは質《たち》の悪い冗談か。だが、兎天の言葉は一字一句、違えることなく己の胸に響いた。

「後宮に内通者がいると知られるわけにはいきません。あなたは自分で自分の首を絞めるつもりですか？」

「残念ながら、私はあなたほど冷酷にはなれないんですよ」

「愚かな」

「愚かでけっこう」

安世は、後宮から内部の情報を得るために必要不可欠である。洪釆を助けることで、内通者の存在が明らかとなり、安世の行動が制限されるようなことになっては猩猩緋にとって大きな損失となる。

だから、兎天は洪釆を切り捨てることに決めたのだ。

「助けてしまったことは、もうどうしようもありません。洪釆も貴重な人材ではありますからね」

それに、安世が安堵の息をつく。

「ただその前に。洪釆、その子供を殺しなさい」

安世の腕にしがみついていた青乎が、怯えたように悲鳴を漏らした。洪釆は、思わず奥歯を噛み締める。

「我々のことを知られた以上、生かしておくわけにはいきません。そして、その原因を作った本人が対処するのは当然です」

「そ、それは……」

正論に洪釆は口籠もった。確かに、このまま青乎を逃がすわけにはいかない。敵ならば躊躇いはないが、年端も行かぬ子供を手にかけることに戸惑った。春蘭の時も同じだ。あの時、自分は迷いに迷って、それで毒殺という手段を選んだ。遅効性の毒で、できるだけ苦しまずに死ねるものを選んだ。

　しかし、それを遮ったのは安世である。

「申しわけありませんが、それだけはご容赦ください。この子は私の弟子でもあるのです」

「……不要な感傷を」

「あなたにとっては、そうなのでしょうね。しかし、この子もまた、貧しさが故にここへ送られて来た不憫な子供。私の後釜として教育します。どうか、お目こぼしを」

「なりません」

　兎天の冷徹な声が響く。

「その子供は、皇帝に——この世に恨みを抱いてはいない」

　洪采は槍を握り締め、青平の小さな体を突き飛ばした。

「早く逃げろ！」

　怒鳴りつけるように叫ぶ。安世は危険を承知で洪采を助けてくれた。恩は返さなければならない。

「逆らうのですか？」

「……確かに、俺は太平の世を望んだ。そのためには、どんな犠牲だって厭わなかった。殺せと言われれば従った。だが、あんな子供を殺さなきゃ成立しないような平和なんざ、いらねぇよ」

「同意しますよ」

安世も頷くと、袖から匕首を取り出した。

「青乎。行きなさい！」

安世の声に弾かれるようにして、青乎は走り出した。兎天の視線が青乎を捉えようとする前に、洪采は床を蹴って兎天に躍《おど》りかかった。しかし、身を屈《かが》め足許を狙った一撃はあっさりと避けられてしまう。

兎天が飛びすさった先を見据えるようにして躍りかかったのは、安世である。それもまた、紙一重で避けられ、代わりに安世の肩から鮮血がほとばしった。だが、安世は表情一つ変えず短剣を無事なほうの手に持ち替えると、鋭い突きを繰り返す。

「あなたを失うのは惜しいですよ、安世」

「心にもない言葉を、ありがとうございます」

素早い攻防に、さすがの洪采も割って入ることができない。しかし、無傷の兎天に対し、安世はじょじょに傷を増やしていく。安世もけっして弱くはない。ただ、相手が悪かった。

「くっ……！」

「もう終いですか？」

兎天の剣が安世ののど元に突きつけられる。まずい、と判断した洪采は、槍の切っ先を兎天に向けようとした。気術を使おうとして、一瞬、躊躇する。あれは日に幾度も使えるものではない。ここぞという時の切り札なのだ。

しかし、その一瞬のせいで、槍先が届かない。安世殿、と叫ぼうとした瞬間、幼い少年の声が響いた。

「安世様を離せ！」

逃げたとばかり思っていた青乎が、兎天目掛けて石を投げつける。

「馬鹿っ、さっさと逃げろ！」

鬼面が青乎へと向けられる。石を握った体勢のまま、恐怖に固まっていた。洪采は舌打ちし、青乎へと駆け寄る。

次の瞬間、背後に感じた強烈な殺気に、青乎を抱えたまま中庭に身を投げた。己の体を下に入れ替えたため、落下の衝撃で息が詰まる。

青乎が立っていた場所には、兎天の姿があった。あと一歩でも遅かったら、洪采は青乎と共に斬り捨てられていただろう。

「早く、走れっ」

せめて青乎だけでも、と少年の背中を押す。生死の遣り取りとは無縁の世界に暮らしていたのだろう。足が竦んでしまっているのか、青乎は震えるだけで動こうとしない。

視界の端で、焦ったようにこちらへ手を伸ばす安世の姿が見えた。

せめて、巻き込んでしまったこの子だけは守ろうと、洪采は青乎に覆い被さった。しかし、いつまで経っても覚悟していた衝撃は襲ってこない。

恐る恐る体を起こせば、兎天との間に立ち塞がる人物がいた。

「がきを殺そうなんざ、とんでもねぇ野郎だ。覚悟はできてんだろうな！」

その男には見覚えがあった。姫子慮《きしりょ》。龍乎の虎慈《こじ》隊隊長である。華安《かあん》で活動するにあたって、さんざん辛苦を舐《な》めさせられて来た憎き相手だ。こいつのせいで何人の猩猩緋が捕まったことか。

吼《ほ》えると同時に、子慮は地面を蹴った。火花が散るほどの一撃に、兎天が後退《あとじさ》る。子慮の攻撃は、見ているだけでわかるほど一打一打が重い。それでも、対する兎天は素早さを軸とした攻守を得意とするため、攻撃を受け流したあとの反撃が子慮の速さを上回っていた。

子慮は悔しげに顔を歪める。

「文重《ぶんちょう》、こいつには勝てる気がしねぇ。そいつらを連れて強そうな奴《やつ》のとこに逃げろ！」

あっさりと敗北を宣言した子慮にあっけに取られていると、背後から現れた男が青乎を抱えた。

「あなたは一人でも大丈夫そうですね」

「あ、ああ」

「しかし、強そうな奴って、どこに行けば見つかるんでしょうか？」

溜息をついた男――文重は、二人からある程度の距離を取ると青乎を下ろし、懐から取り出した丸い玉に火打ち石で火を点《つ》ける。すると、あっという間に赤茶色の煙が空にあがった。

「隊長！　もうちょっと頑張ってください。うちの奴らを呼びましたから！」

文重が声をあげると、反応したのは子慮ではなく兎天のほうだった。子慮から距離を取るなり跳び上がり、屋根の縁に手をかけ体を反転させた。

「うわぁ、身軽な奴ですねぇ」

文重は感嘆するように声をあげながらも、二本の匕首を兎天目掛けて放った。一本目は剣で叩き落とされたが、二本目が鬼面の脇を掠める。

あ、と洪采は思わず声をあげた。鬼面が音を立てて回廊に落下する。二本目の匕首が、紐を切断していたのだ。

露《あらわ》になった顔に、洪采の目が釘づけになった。すっきりとした鼻梁《びりょう》に切れ長の大きな瞳。肌は驚くほど白く、唇の赤が艶めかしい。

誰もが息を呑むほど、美しい男だった。

だが、顔の右半分が醜く焼け爛《ただ》れ、完璧《かんぺき》な造形を醜悪なものに変えていた。赤く固まった肌には虫が這いずったような痕が残り、窪んだ眼窩は空洞だった。兎天は己の顔を片手で隠すと、体を翻した。その姿は、あっという間に屋根の奥へと消えて行く。

「おい、文重。邪魔すんじゃねぇよ！」

「だって、勝てないって言ったじゃないですか。こうでもしないと、殺されてましたよ」

そう言って、文重と呼ばれた男は狼煙《のろし》玉を足で砕いた。煙はじょじょに細くなり、空に溶けるように消えた。

「増援は……」

「嘘ですよ。これはただの煙玉です。うちの隊は宮中の地理に疎いですからね。狼煙を上げたところで、夜になっても辿り着けるかどうか。とりあえず、あのおっかない面の奴が、退散してくれればいいんです」

　嘘も立派な策略ですよ、と文重は笑った。洪采が茫然としていると、同じように呆気《あっけ》に取られていた青平が、安世の元へと駆け寄って行く。

「あ、そうだ。ところで、ここはどこですか？」

「わからずにここへ来たのか？」

「猩猩緋を追いかけた隊長を追いかけて来たんですが、道に迷ってしまって。まさかここまで広いとは、思ってもみませんでした」

「後宮だ」

「へぇ、後宮ですか……って、後宮！」

　さすがに、そこまでは予想外だったのだろう。目玉が零れ落ちそうなほど驚愕した文重は、走り寄ってきた子慮に足蹴りをかました。

「あんたって人は、あんたって人はっ！」

「なんだよ！」

「なんで選《よ》りに選《よ》って後宮なんかに迷い込むんですかっ。むしろよく誰にも見咎められずに入れましたね！」

「後宮？」

不思議そうに聞き返す子慮を、文重は襟《えり》を摑んで激しく揺さぶった。打ち首ですよ、と騒ぎ立てる文重の声を聞きながら、洪采は脱力する。先ほどまでの、深刻な状況が嘘のようだ。

「大丈夫ですか、安世殿」

洪采は回廊の床に座り込む安世の元へと向かった。その傍らでは、青平が必死に傷の止血をしている。

「青平に助けられました」

「まったくだ。しかし、兎天殿の顔は……」

「焼かれたんですよ。陛下にね」

安世は声を潜めるようにして告げた。青平もぎょっとするが、さすがに声をあげたりはしない。

「地位も名誉も、美貌すらも奪われて、兎天殿はここを去りました」

「じゃあ……」

「彼は元宦官。私の同僚です」

はじめて知らされた事実に、洪采は絶句した。それと同時に疑問が湧き起こる。兎天が猩緋に入った理由はわかった。おそらく、復讐が目的なのだろう。だが、それならばなぜ後宮《ここ》に来たのか。狙うならば、皇帝ではないのか。

「兎天殿のあとを追ってください。彼はなにかを企んでいる」

「わかった。青平。安世殿を頼む」

「はい！」

青平の頭を撫で、洪采は未だに言い争いをしている二人を一瞥した。虎慈隊には酷い目に遭わされたが――。

「それから、あいつらを後宮の外まで案内してやってくれ」

助けてもらった恩は返さなければならない。溜息交じりに笑って、洪采はその場を離れたのだった。


侍女達に指示を出し、西離宮の周りを腕に覚えのある宦官で固めた黎貴妃は、庭に面した露台から空を見上げていた。雲一つない晴天が広がっている。それがかえって不気味に感じられた。

「凜凜《りんりん》、まだ明佳達は来ないの？」

「はい。こちらに向かっているとは思うのですが……」

そう告げる凜凜の顔色も悪い。妹のことが心配なのだろう。明佳には、春蘭を着替えさせたあと、西離宮に避難するように命じてある。黄玉宮に留まるよりも、こちらにくるほうが安全だ。

「祥安《しょうあん》も無事かしら……」

ようやく立って歩くようになった息子を思い、黎貴妃は唇を噛んだ。普段、公子は西離宮にはいない。生まれた男児は母の元から離され、別の場所で養育されるのだ。むろん、その人選にも可能な限り配慮している。警備にも西離宮以上に気を遣い、常につきまとう暗殺の影への備えも充分だ。

「やはり、公子様もこちらへお連れしたほうが」

「いいえ。この混乱の中で移動させるのは逆に危険よ」

黎貴妃にとって、猩猩緋よりも他の妃妾達や太子派のほうがよほど恐ろしい。むりに呼び寄せるよりも、祥安の周囲を固めるほうが安全だ。混乱を好機と、動き出す者がいないとも限らないのだから。

「とりあえず、情報を集められるだけ集めてちょうだい」

状況がわからなければ、迂闊に動くこともできない。猩猩緋は、どれだけの人数が宮中に入り込んでいるのか。また、どれほどの被害が出ているのか。後宮まで押し入ってくるとは思えないが、安易な決めつけは危険だ。

「かしこまりました。黎貴妃様も、早く室内にお戻りください」

「わかっているわ」

庭は四方を外塀や建物に囲まれているが、屋根伝いに侵入される恐れもある。凜凜は万が一のことを考慮しているのだろう。

「春蘭様がいらしたら、お知らせにあがります」

「ええ」

凜凜には、春蘭だけでなく、他の妃妾達が避難してきても、拒まずに受け入れるよう指示を出してある。もっとも、噂のせいでそんな奇特な人物は少ないだろうが、皆無ではないはずだ。特に下位の妃妾達は、誰もいない室で震えるよりはましだ、と考えるかもしれない。刺客を考慮して、一箇所にまとめて見張りをつかせることになるだろう。そのための房室も準備させている。

――本当に今更だ。

手を差し伸べたところで、握ろうとする者は誰もいない。この手は噂同様、血で赤く染まっているのだから。

「私に幸せになる資格などない……」

攫猿《かくえん》に攫われ、妖《あやかし》の子を身籠もり、助けられたと思えば、妃妾として後宮に献上された。生まれた子を皇帝の種だと偽らなければ、母子とも首を刎《は》ねられていただろう。だから、秘密を知る女達を、人を雇って殺した。ともに攫猿に囚われ、励ましあって生きて来た間柄だったにもかかわらずだ。

そして、都に出没した攫猿から逃れるために、身につけていた飾りを、なにも知らない少女達の手に渡るよう画策した。攫猿が自分の匂いに釣られ、後宮ではなくそちらに向かうように仕向けたのだ。結果、なんの罪もない少女達の命が奪われた。

生き延びるために必死だった。罪悪を感じる余裕はなかった。わずかな油断が命取りになるのだと自分に言い聞かせ、心があげる悲鳴に気づかぬ振りをし続けてきた。

けれど、ある人物に出会い、虚構で塗り固めていた心の壁が崩れ落ちそうになった。

〝——韓楊秀《かんようしゅう》〟

禁軍の将だ。おそらく、寵妃としての地位を笠《かさ》に着て、自らの子を帝位にと望む自分を、よくは思っていないだろう。それは別に構わない。どうあっても、触れることのできない相手だ。想いあってしまうほうがよほど辛い。

忘れようと何度も思った。

だが、瞼を閉じるだけでありありとその姿が浮かぶ。

たった一度、それも御簾越しに対面したというだけなのに。

忘れようと思えば思うだけ、愛《いと》しさが募る。それがどれほど虚《むな》しく、無意味なものだと自分に言い聞かせても、名を聞くだけで体が戦慄《おのの》いた。

吐息を漏らした時だった。

背後に、ぞっとするほど冷たい気配を感じた。振り返る前に、首筋を摑まれる。

「そのままで聞きなさい」

黎貴妃は体を震わせながら、小さく頷いた。

「公子の身柄を預かりました。無事に返してほしければ、皇帝の胸に埋められた玉を壊しなさい。できなければ、公子を殺します」

「っ、そんな……！」

「寵妃が相手ならば、あの男も油断するでしょう。別に殺せと言っているわけではありません。玉を壊しさえすればいいのです」

脅迫しているにもかかわらず、口調は驚くほど優しい。だが、黎貴妃は声の主を知っていた。無慈悲で、人を人とも思わない。

「私が誰かわかりますね？」

「……兎天、様」

「察しのいい子は好きですよ。物わかりがよければ、もっと好きになるでしょうね」

黎貴妃は叫びだしたい気持ちを、自分の手のひらに爪を立てることで堪えた。

なぜ、自分がここにいると知られたのだ。

混乱しそうになる気持ちを鎮めるために、さらに爪を食い込ませる。手から伝わる痛みが、頭に上った血を少しだけ鎮めてくれた。

「今が絶好の機会です。皇帝の元へと先導してあげましょう」

殺す、と口にするからには、黎貴妃が命令を拒めば、兎天は間違いなく祥安を葬《ほうむ》り去《さ》るだろう。そして、価値を失った自分も、息子のあとをすぐに追わされる。

「まさか捨て駒であるあなたが、こんな形で役に立ってくれるとは思ってもみませんでしたよ、梁華《りょうか》」

久し振りに呼ばれた名は、他人のもののように聞こえた。

――これは、罰なのだろうか。

手を見れば、破れた皮膚から真っ赤な血が滲み出ていた。

自分の手から流れたにもかかわらず、他人の血であるように思えてならない。己の指示によって、命を奪われた者達の――。

そして、黎貴妃は静かに西離宮から姿を消した。

のどに宛がった剣は、鉄の冷たさを伝える。柄を握る手が震えていたせいで、皮膚を少し傷つけてしまったらしい。染みるような痛みを感じた。

「春蘭《しゅんらん》！」

仲望《ちゅうぼう》が叫んだ。玄楽《げんらく》は苦々しげな表情でこちらを睨んでいる。手を出さないのは、春蘭が本気だとわかっているからだろう。ここで春蘭に死なれて困るのは玄楽だ。

「私にも守り神としての矜持《きょうじ》がある。邑《むら》を守ることは大事だが、力を悪用されるわけにはいかぬ」

守り神の力は強大だ。だからこそ、〝神〟と呼ばれ、畏怖される。もしも玄楽がその力を使い、民を害するようであれば、春蘭は己の命を犠牲にしてでも阻止しなければならなかった。

「私利私欲のために使うわけじゃねえ」

「ならば、なんのためだ」

はじめは、真名《まな》さえ取り返せれば理由などどうでもよかった。

だが、今は知りたいと思う。

玄楽が命を賭《と》するほどの理由とは、いったいなんなのか。なにが玄楽をそこまでさせるのか。

「さっさと話せ」

死ぬぞ、と自らの命を盾《たて》にして迫れば、玄楽は頭巾《ずきん》を取って頭を掻きむしった。仲望は玄楽を警戒しながらも、春蘭から目を離さない。油断すれば、剣を奪うために飛び掛かって来そうだ。

「……わかった。ここでは話せない。場所を移動させてもらう」

「どこに行けばいいのだ？」

玄楽を信用したわけではないが、相手には正直に事情を話す以外の手は残されていない。なにしろ、春蘭自らが己の命を盾としているのだから。

「こっからは、少し遠い。連れてってやるよ」

あまりにも素早い動きに、春蘭は玄楽の接近に反応できなかった。身動《みじろ》ぎする前に剣を奪われ、担《かつ》ぎ上げられてしまう。

「春蘭！」

「おい、仲望。禁軍の左虎伏《さこふく》軍の詰め所まで来い。わけを話すまでは、こいつに手は出さねえから安心しろ」

そう告げると、玄楽は中庭の巨石を足場にして屋根に飛び移った。眼下では、仲望がものすごい勢いで飛び出して行く姿が見える。

これが罠である可能性もあったが、なぜか春蘭には大丈夫だという確信があった。

「舌を噛むなよ」

「なっ……！」

反論しようと口を開きかけたが、玄楽が走り出したことで春蘭は慌てて肩にしがみつく。

白桃《はくとう》の背に乗り慣れているため、少し視点が違うだけで不思議な気持ちになる。無駄な障害物がないせいか、屋根からは宮中がよく見渡せた。風に靡くように数本の煙が上がっているが、半分は消えかかっている。

一つ一つの建物が独立した造りで、なおかつ外塀に囲まれているため、強風が吹かない限り貰い火をすることはないのだろう。今日は抜けるような晴天で、髪が緩やかに靡く程度の風しかない。

春蘭は安堵の溜息をついた。

火が広がれば後宮も貰い火をする可能性が高く、また、黄海楼《おうかいろう》の面々が宮中から出る間に煙に巻かれてしまう恐れもあった。

玄楽は屋根から屋根へと、器用に飛び移っていく。そこから見える光景は、〝悲惨〟の一言に尽きた。折り重なるようにして倒れている者や、怪我を負いながらも必死で建物に逃げ込む者の姿も見える。剣や槍が散乱し、その上を、武装した兵士達が猩猩《しょうじょう》緋《ひ》を捜し回っていた。

声なき悲鳴が聞こえるようだった。

目を背けたくて、でも、背けてはならない気がして、春蘭は耐えるようにじっとそれらの光景を見つめた。

やがて辿り着いたのは、宮中の端に当たる場所だった。屋根伝いに建物の内部に侵入した玄楽は、開いている窓から勝手に中へと足を踏み入れる。堂々と躊躇いのない足取りで人気のない廊下を春蘭を抱えたまま進んで行く。

春蘭は玄楽の言葉を思い出した。

おそらく、この建物が左虎伏軍の詰め所なのだろう。人気がないのは、全員が宮中の守りに出払っているからだ。

玄楽が足を止めたのは、最奥にある扉の前だった。しばらくそこで待つと、慌ただしい足音と共に息を切らせた仲望が姿を現す。よほど急いだのだろう、官服は乱れ、冠も取れかけている。

それを一瞥した玄楽は、仲望の息が整うのを待たずに扉を開けた。

円卓と数脚の椅子が置かれている他には、壁際に衝立《ついたて》があるだけの、殺風景な室内である。衝立の奥にはもう一つの扉が隠れていた。その表面を、五回叩く。

すると、扉が内側に開いた。

「様子はどうだ？」

玄楽が声をかければ、中で控えていた初老の男が難しい表情で首を振る。

「今にも灯火《ともしび》が消えてしまいそうだ」と、男自身が今にも消え入りそうな声で答えた。男は春蘭を訝しむように見つめるが、玄楽の視線を受けて隅へと戻って行った。

室内は薄暗く、空気はじっとりと湿り気を帯びていた。奥に天蓋つきの寝台が置かれ、そこに誰かが横たわっているのがわかる。

「……兄上。そろそろ、春蘭を返してください」

手が伸ばされたかと思うと、春蘭の体は仲望の腕の中に移動していた。腰に回された腕があまりにも力強く引き寄せるものだから、潰れた蛙《かえる》のような声が出た。仲望が慌てて力を緩める。抗議するように睨めば、「……すまない」と、謝罪が返ってきた。

呆れたようにそれを見ていた玄楽が、寝台の覆いを片腕で上げる。

「翰栄《かんえい》？」

春蘭は仲望の腕から身を乗り出した。寝台に横たわっていたのは、紛れもなく華安の茶房、そして、黄海楼で顔をあわせた呂《りょ》翰栄その人だった。

しかし、記憶とは異なる相貌に眉を寄せる。

眼窩は異様なほど落ち窪み、顔は死人のように青白い。体は一回り以上も痩せてしまい、骨が浮き出ている状態だった。胸が微かに上下していなければ、死んでいると勘違いしてもおかしくない。

「……博焚《はくたく》様？」

仲望が信じられないとでもいうような声をあげる。博焚——それは太子の名だった。呂翰栄という名は、偽名だったのだろう。暗殺者から身を隠すために、庶民に身をやつしていたに違いない。

「これは」

仲望が思わずといった風に呻いた。片手で髪を掻きあげ右目を露にし、顔を曇らせる。

「太子の体を、黒い靄《もや》のようなものが覆っている」

「そうか、お前は視えるんだな。俺には、気の流れが、博焚の体内でわだかまっているようにしか感じられない」

仲望は禁軍兵として参加した四年前の戦で、胸に埋め込まれた玉が暴走し、気術兵としての力を遣おうとすると、右目に〝気〟が集まるようになってしまった。平生でも気の流れを視ることができるため、翰栄の身に起こっている変化もわかるのだろう。春蘭も、真名を取り戻し、守り神に戻れば仲望と同じ光景を見ることができるはずだ。

「呪殺か」

「ああ」

博焚の様子から見ても、呪術はかなり進行している。数日後――いや、今夜にでも術は完成してしまうかもしれない。それと同時に、博焚の命も潰えてしまう。

「待ってください。なぜ太子と猩猩緋である兄上が禁軍の詰め所にいるんです」

「簡単な話だ。将軍の半分は、太子側の人間なんだよ」

玄楽は隠すこともなく、実にあっさりと告げた。質の悪い冗談だとばかりに、仲望は口元を引き攣らせる。

「楊秀《ようしゅう》は」

「あいつは違う。腹芸ができないからな。端《はな》っから引き込むつもりはなかった」

仲望は安堵の表情を浮かべた。さすがに、楊秀が心配するふりをして、腹底で裏切っていたとは思いたくなかったのだろう。

「禁軍が表向き中立を守っているのは、太子派と公子派の争いを広げないためだ。武力のぶつかりあいは、多大な犠牲を生む。それに、博焚が帝位に就いた時、禁軍が疲弊していたら辺境が騒ぎはじめる。四年前に叩いたとはいえ、根絶やしにしたわけじゃないからな」

「……ならば、花中書令《かちゅうしょれい》はそれを知っているのですか？」

「知らねぇよ。まさか自分がせっせと勧誘している将軍達が、すでに太子に忠誠を誓っているとは思わないだろうな」

さすがに、それは不憫だ。仲望を見れば、咎めるような視線を玄楽へと向けていた。

「なぜ、なにも言わないのです」

「教えたら、あの人は躊躇いなく禁軍を動かすだろ。今の段階では、あくまでも禁軍は皇帝の直属だ。意に反した行動を取れば、将軍達を処罰する正当な理由を与えることになる。頭をすげ替えられちゃ困るんだよ」

反論する隙間もない説明に、仲望は押し黙る。それを眺めていた春蘭は、疑問を口にした。

「だが、それをなぜ猩猩緋であるぬしが知っているのだ？」

「あー……まあ、今更か」

迷った末に、玄楽は諦めたように呟いた。

「猩猩緋の指導者である紅主《こうしゅ》は、こいつなんだよ」

こいつ、と玄楽が指をさしたのは、眠っている翰栄だった。

仲望の顔色が悪い。

立て続けに衝撃の事実を聞かされたのだ、気力も乏しくなるだろう。驚きに声も出ない仲望の代わりに、春蘭は口を開いた。

「翰栄が義賊の親玉だったのか」

「世の中が荒廃すると、地方から反乱が起こる。だが、たいていは指導者がいなくてすぐに鎮圧されちまう。この国は、軍だけは精強だからな。一方的な虐殺で終わらせないためにも、反乱を操作する指導者が必要だった。それに、〝義賊〟は不正を行う官吏への牽制《けんせい》にもなる。だから、作ることにしたんだよ」

作る、と玄楽は言ったが、それは生半可なことではなかっただろう。玄楽は、浅い呼吸を繰り返す翰栄を眺めながら、懐かしげな口調で語った。

「人員は俺と博焚で集めた。博焚は紅主、俺は朱緋《しゅひ》と名乗った。土台ができたところで、活動をはじめた。地方には不満が燻《くすぶ》ってたからな。二年も経たないうちに、猩猩緋の人数は倍以上に膨れあがった。人数が増えると末端まで目が届かなくなって、どうしても先走った行動に走る奴が出てくる。俺はそいつらを抑え、猩猩緋の活動に専念することにした」

「……だから兄上は、己の死を偽ったのですか？」

「そのほうが色々と都合がよかったんだ」

すべて順調だった、と玄楽は語る。猩猩緋は力をつけ、皇帝を幽閉するための戦力は整いつつあった。

「あと少しだった。そんな時に、こいつが倒れたんだよ」

「呪術か」

「そうだ。博焚は早くから己が呪われていることに気づいていた。異常なまでに先見の明のある奴だからな。だが、どうすればこれを打ち消すことができるか、誰もわからなかった」

「――それで私を狙ったのか」

ようやくもたらされた答えに、春蘭は納得した。玄楽は、翰栄にかけられた呪術を解くために、守り神の力を欲したのだ。

「確かに、守り神の力ならば呪術を打ち破れるだろうな」

「だが、華安《かあん》の守り神はすでに封じられたあとだった。助けようにも、俺の力ではどうすることもできない。もっとも、あんな巨大なのは、さすがに隷属できなかったと思うがな。そして、守り神を探して各地を転々とし、あんたを見つけたんだ」

守り神はその地に根づくもの。力を貸してくれと頼まれても、他所《よそ》は他所の神に頼めと、無情に追い返しただろう。だから、玄楽は春蘭をむりやり隷属させることで、その力を振るおうと考えたのだ。

「だが、守り神の力ならば、呪術を跳ね返せるとよく知っていたな」

「ありとあらゆる書物をひっくり返したんだよ。そしたら三百年前の、今にもばらばらになりそうな竹簡に、呪術にかんする話が載っていた。阻止する方法もあったが、どれも初期の段階でなければ意味がないものだった。唯一、残ったのが〝守り神〟の力を利用する、というものだった。それから、守り神について調べて……半信半疑だったが、藁《わら》にも縋らんばかりの気持ちだった」

「そうか。ぬしは、本気で命を賭していたのだな」

「当たり前だ」

仲望が訝しげな視線を春蘭に向ける。玄楽がずっと理由を口にしなかったのは、呪術を破る際に伴う損害があったからだ。

「最終段階に入った呪術は、よほど強い力でなければ破ることができぬ。人にはまず不可能だ。守り神ならばできるが、術者らによって乱された気は守り神に牙を剝く。反動で魂魄《こんぱく》は壊れ、そう経たずに消滅するだろう。そして、私を隷属させたぬしも煽《あお》りをくって死ぬ」

仲望が息を呑んだ。

玄楽はそれをわかっていたからこそ、仲望になにも告げなかったのだ。

輪栄を助ける方法は、一つだけ。

春蘭の腰に回された腕が強張った。

「博焚が死ねば、皇帝を倒す者はいない。大勢の血が流れる」

春蘭の脳裏を、先ほどの凄惨な光景が過った。沸儀《ふつぎ》は翰栄を葬ったあと、次なる獲物に取り掛かるはずだ。

貪欲《どんよく》に争いだけを求め、敵を喰らい尽くせば、自らの力でまた敵を生み出す。民は疲弊する。大地には怨嗟の声が響き、それでも沸儀は己を顧みることはしない。あれは、そういう男だ。己が破滅の道を進んでいると気づいていても、躊躇わずに歩き続けるだろう。

「なによりも、俺はこいつを救いたい。こんなつまらんことで、死なせたくはないんだ」

翰栄を見つめる玄楽の眼差しは、悲痛な色を帯びていた。

「忠誠を誓った相手だからか？」

「それもあるが、俺は一度、博焚に心を救われている。この異質な見た目のせいで、俺は幼い頃からどこへ行っても疎まれてきた。特に宮中にあがるようになってからは余計に酷くてな。気術を使いこなせるようになっても、今度は化け物扱いだ。だが、博焚だけは違った」

当時のことを思い出したのか、玄楽の口調が柔らかなものになる。

「〝人間なんて、どれも一皮剝けば同じようなものだ〟って主張して、この馬鹿は、よりによって罪人の死体置き場に連れて行きやがったんだよ。短剣を渡されて、皮を剝いで自分の目で確かめて見ろって言われた時は、さすがに開いた口が塞がらなかったな。でも、そう言われて気づいたんだ——この外見を誰よりも忌避していたのは、他ならない俺自身だったんだ、と。それを、博焚は気づかせてくれたんだ」

「恩を返したかったのか？」

「与えられたから、返そうと思ったわけじゃない。俺は、博焚だから助けになりたかったんだ」

それは、命を賭しても構わないというほどに強い感情だったのだろう。

「助けたいんだよ。なにを犠牲にしてでも」

「翰栄が望んでいなくても、か？」

「こいつの意見なんて無視だ。憎まれたって、諦めてなんてやんねぇよ」

いっそ清々《すがすが》しいまでの笑みに、春蘭は玄楽の覚悟のほどを悟った。

「あんたを捕まえるのは難しそうだからな。情に訴えてみることにした。頼む。俺はどうなってもかまわない。だから、博焚を救ってくれ」

玄楽の目は、春蘭に死を強要しているにもかかわらず、どこまでも真っ直ぐで澄み切っていた。

「……また、この選択を迫られるとはな」

三百年前、春蘭は洪水から邑を守るために生《い》け贄《にえ》として選ばれた。

自分が犠牲になれば、邑人達は助かる――なんと卑怯な言葉だろうか。邑人の中には、己の家族も入っているのだ。最初から、逃げるという選択肢を奪われているようなものだった。

もしも、真名を奪われた直後にこの話を聞いていたとしたら、春蘭は怒りに任せ拒絶しただろう。この国がどうなろうと、邑さえ守れれば問題はなかった。

国には生き物と同じように寿命があって、いずれ衰え消えていく。その寿命がきただけにすぎない。国が滅ぶ時に犠牲はつきものなのだと、容赦なく切り捨てたはずだ。

だが、春蘭は知ってしまった。

人と人が繋がりあいながら生きる世界を。


――復讐を誓う者がいた。

――己の不幸を嘆く者がいた。

――自分の小さな世界を守ろうと、刃を向けてきた者がいた。

――義賊に身を投じ、世を変えようとした者がいた。

――貧しい生活に身を浸しながらも、他者の幸せを祈る者がいた。

――病に冒されながらも、仲間を守って命を落とした者がいた。

――運命に翻弄《ほんろう》されながらも、後悔はしていないのだと真っ直ぐな瞳を向けてきた者がいた。

――争いを求め、すべてを喰らい尽くそうとする者がいた。

――命を賭しても、主を守ろうとした者がいた。

――少女のために、一度は捨てた力を取り戻すことを決意した者がいた。

どれほど、憎悪や嫉妬、欲望に溢《あふ》れた世界でも、信頼や愛情、善意はけっしてなくならないのだと。そのすべてが混沌とすることこそが、人の世なのだと。

春蘭の胸に温かな決意が宿った。

だが、それに気づいたように、焦りを含んだ仲望の声が響く。

「だめだ。なぜ、春蘭だけが犠牲になる」

痛いくらいの力で、掻き抱かれる。仲望は怒りに染まった眼差しで、玄楽を睨みつけていた。玄楽も負けじと、双眸に力を込める。

「お前は、なんの罪もない民に、これ以上の血を流せという気か」

「それは、今を生きる者達が受けなければならない痛みだ」

「綺麗事だな。お前はなにも見ていないから、そんな甘いことを言えるんだ。地方では、口減らしのために親が幼子を殺し、子が老親を殺す。笑いあっていた者達が、次の瞬間にはわずかな米を巡って争いあう。博焚が死ねば、皇帝の手によってより多くの悲劇が生まれる」

玄楽の拳《こぶし》が、憤《いきどお》りを表すように壁を叩いた。

「それをわかっていて、なぜ止める！」

「……だったら、春蘭の気持ちはどうなる。むりやり真名を奪われ、己が犠牲とならねば親しい者達が苦しむと脅され、逃げ道まで断たれた。これほど残酷《ざんこく》なことがあるか！」

春蘭の双眸から涙が溢れた。

遠い記憶の彼方《かなた》。

同じように春蘭の境遇を嘆いてくれた人がいた。

なぜ、誰かを助けるために、お前が犠牲にならねばならないのだと、嘆いてくれた。生きるべきだと、迷いもなく手を差し伸べてくれた。あの人は――。

「もういい……。もういいんだ、仲望」

その言葉だけで嬉しかったから。どんな理不尽なことも、笑って受け入れられるから。春蘭はゆっくりと微笑んだ。あの時のように。

「私にみなを守らせてくれ」

「しゅんら……！」

仲望が言葉を発するより早く、春蘭は守り神の姿へと戻った。感情が遠ざかるが、意志は変わらなかった。この国を守ることが、邑を守ることに繋がる。ならば、守り神としての任を全うするのみ。

『悪いが、真名は返して貰うぞ』

玄楽の胸に手を差し込み、魂に結ばれていた真名を己の体に取り戻す。体の隅々にまで、力が行き渡る気がした。驚きに目を見張った玄楽に、春蘭は聞こえないと知りながらも囁いた。

『ぬしの決意はよくわかった。だが、ぬしには翰栄を支えるという大事が残っている。世を変えるには、私の命一つで充分だ』

ふわりと、宙に浮いた春蘭は、仲望を見た。そういえば、彼の右目は〝視る〟ことができるのだと思い出す。

『仲望。ぬしと出会えてよかった』

仲望の手が春蘭へと伸ばされる。しかし、視ることはできても、触れることはできない。手は、虚しく宙を掻く。春蘭はその頰を包み込むように、手を添えた。

『春蘭を惜しんでくれて、ありがとう』

「だめだ！」

『白桃』

名を口にすれば、玉から白桃が姿をあらわした。その瞳はすべてを理解したのか、悲しみを湛え、小さく縊るような声で鳴いた。

『ぬしは先代の神獣だ。私と共に消える必要はない。今まで世話になったな。呪術を止めた反動が、輸栄にもくるやもしれぬ。どうか、守ってやってくれ』

これで心残りはない。

視線を戻せば、顔を歪めた仲望の姿があった。

『さらばだ』

輸栄の体を覆う乱れた気を道標に、春蘭は地脈へと潜った。怒濤《どとう》のような光に、一瞬にして意識が飛びかける。

その衝撃のせいか、靄がかかっていた記憶がはっきりとした。

邑は深い沈黙に覆われていた。

どこにでもある、地方の小さな邑だ。家屋は五十もない。

森と河に囲まれた土地を開墾《かいこん》し、細々と農作業で糊口《ここう》を凌《しの》いでいた。邑の、北側から東側には深い山々が連なり、西側には運河の支流の一つである河川が流れていた。土壌《どじょう》は豊かだったが、国の荒廃《こうはい》に引き摺られるように年貢の量が増え、年を重ねるごとに暮らしは傾いていった。それでも役人達は年に二度、屈強な兵士を連れ年貢の取り立てにやってくる。このままでは、と深刻な顔で話す邑人達の姿がよく見られるようになった。

土と砂利《じゃり》を均《なら》した路《みち》を、白い袍を着た男達がゆっくりと歩いていく。十人はいるだろう。若い者もいれば、老いた者もいる。みな等しく、痩せ細った貧相な体つきをしていた。

男達が肩に担ぐのは、屋根のついた輦輿《れんよ》だ。

柱や轅《ながえ》には美しい彫刻《ちょうこく》が施され、内側に座る者の姿を隠す帳《とばり》には上等な布が惜しげもなく使われている。屋根の上には見事な龍《りゅう》が載り、四方を睨みつけていた。

空から糸を引くように降る雨が、男達の袍をぐっしょりと濡らす。輿《こし》もさらに重さを増しているだろう。だが、足取りに乱れはない。不満を漏らす者もいない。誰もが口も開かずに、黙々と輿を運び続けた。

その光景を輿の中から見た少女は、まるで葬列を見ているみたいだと、他人事のように思った。

男達の顔は悲しみに歪められている。むりもない。少女はこれから贄として、守り神に捧《ささ》げられるのだ。逃げられないようにと、手足につけられた枷《かせ》が己の置かれた境遇を物語っていた。

雨はもう十日以上も降り続けている。雨季には珍しいことではなかったが、例年に比べ雨量は遥かに多かった。雨脚が弱まっても、空を覆う分厚い雲が薄れることはない。そして、数刻と経たずに大地を叩きつけるような豪雨《ごうう》が襲《おそ》う。やがて田には大量の泥水が流れ込み、畑の作物も根を腐らせてしまった。

だが、なによりも恐ろしいのは、河川の氾濫《はんらん》だ。邑のすぐ傍を流れる河は、豊かな水を与えてくれるが、時として容赦なく荒れ、田畑や家を押し流す。雨季ともなれば、ひとつの邑が消えることも、そう珍しいことではなかった。

少女が暮らす邑は、河川の傍にありながら今まで規模の大きな水害をまぬがれていた。守り神様のおかげだ、と邑の老人達は口々に言う。特に豊作だった年は盛大な祭りを開き、神に深い感謝の祈りを捧げた。

雨が降り出した当初、邑人達は守り神様がいるのだからと、大事と取る者はいなかった。しかし、時が経つにつれ、不安はじょじょに人々の心を蝕《むしば》みはじめた。

田に泥水が入り、畑の野菜が根腐れを起こし、それでも雨が降り続いた頃。

邑長は、占師を頼った。

邑で暮らす占師は女で、都でも評判になるほどの腕を持っていた。女の才を見込んで、わざわざ遠方から訪ねてくる客もいたほどだった。

占師は告げた。

長きにわたり邑を守り続けてきた神は、命の終わりを迎えようとしている、と。生命の火が消えるまでには、まだ時はあるが、以前のように神力を行使することはできない。守り神を失えば、この邑だけでなく近隣の邑も甚大《じんだい》な痛手を受けることになり、多くの人命が失われるだろう、と。

邑長は訊ねた。

邑を救う方法はないのか、と。

占師は告げた。

贄を捧げよ、と。

名指しされたのは、十二になったばかりの娘。占師の子だった。

母はどんな思いで卦《け》を告げたのだろうか、と少女は思った。占師としての使命と親としての情に苛《さいな》まれながら、母が選択したのは前者だった。母親であると同時に、彼女は優秀な占師でもあった。その判断を恨む気持ちはない。厳しくも優しかった母は、輿が家に来るまで少女を胸に抱いて離そうとしなかった。

父はなにも言わなかった。顔を真っ赤にして、耐えるように歯を食い縛っていた。寡黙《かもく》な人だった。その父が、少女を見送る際、空に向かって吼えた。言葉にならない悲痛な叫びだった。振り返れば、握り締めた拳から滴《したた》った血が父の短服の裾を汚していた。

歳の離れた兄は、ともに遠くへ逃げようと言ってくれた。邑での暮らしを疎み、仕事を投げ出しては実直な父と言いあいを繰り返していた人だった。

　差し伸べた手を拒めば、兄は、なぜだ、なぜ、と叫んだ。妹を贄とした母を責め、妹を守ろうとしない父を責め、抗《あらが》うことなく自分の運命を受け入れた妹を責め、無力な己を責めながら泣き喚《わめ》いた。

　普段から、会話の少ない兄妹だった。嫌われているのかもしれないと思ったこともある。でも、気づかなかっただけで、ちゃんと愛されていたのだ。だから、悲しみや死への恐怖よりも、胸に宿る温かな気持ちが勝った。

　別れを惜しむように、行列は殊更《ことさら》ゆっくりと進んでいく。辺りに邑人達の姿はない。守り神は人の気配があると、けっして姿をあらわさないと言い伝えられている。少女を運ぶ男達も、祭壇に少女を置けば、すぐ邑に戻る手筈《てはず》となっていた。

　生温い風が重く垂《た》れた帳を揺らす。隙間から外を見れば、邑からだいぶ離れたことがわかった。大人の腰まで高さのある草が行く手を遮《さえぎ》るように生い茂り、男達は白い袍を泥で汚しながら小高い丘を登っていく。

　輿を担ぐ初老の男が、雨音に紛れ嗚咽《おえつ》を零した。

　少女を幼い頃から自分の孫のように可愛がってくれた翁《おきな》だ。自分にも他人にも厳しい人だったが、子供にだけは優しかった。もう二度とあの節くれ立った手で、優しく頭を撫でられることもないのだと、少女は一抹の寂しさを感じた。

　その前を担ぐのは、今年に入って隣邑から妻を迎えた青年だった。面倒見のいい青年で、少女も幼い頃によく遊んでもらった。妻となった娘は小柄で気立てがよく、腹にはすでに子が宿っていた。

「まだ生まれないの？」と、顔をあわせる度に訊いては、「雪が降りはじめる頃には会えるわよ」と、飽きることなく答えてくれた。会える日を指折り数えて楽しみにしていたのに。無事に生まれてくることを祈るしかできない。

小さな邑だ。輿を担ぐ者は、みな見覚えのある顔ばかりだった。

やがて揺れが収まった。祭壇が設けられた崖《がけ》についたのだろう。輿から抱きかかえられるように運ばれた少女は、縄で体をくくられ断崖の下へと降ろされた。

ごつごつとした岩肌は雨で滑りがよくなっている。断崖に吹く風が、少女の華奢《きゃしゃ》な体を大きく左右に揺らす。「目を瞑《つむ》っていろ。絶対に開けるんじゃないぞ」という邑人の言葉に従い、少女は強く目を閉じた。

重みで縄が体に食い込み、圧迫するような痛みが広がる。思わず呻き声が漏れた。必死に耐えていると、やがて体が受け止められた。恐る恐る目を開ければ、縄梯子《なわばしご》で先に降りた男達によって、崖の下にある平らな岩場に作られた祭壇に運ばれているところだった。

祭壇といっても、邑に伝わってきた豪華な輿とは違い、板で作られた供物台《くもつだい》に古びた茣蓙《ござ》が敷かれているだけの簡素なものだ。激しさを増した川はすぐ傍まで迫り、雨音を掻き消すほどの轟音《ごうおん》に、男達の顔も強張っていた。このまま雨が降り続けば、おそらく一日と経たずに祭壇は濁流《だくりゅう》に呑み込まれてしまうだろう。

莫蓙に降ろされると、手足を拘束する枷から延びた鎖が、岩の裂け目に杭《くい》で打ちつけられた。木槌《きづち》が何度も振り下ろされ、やがて音が止む。

「——大人しくしているのだぞ」

言い含めるように告げたのは、邑長だった。白髪《しらが》交じりの髪は、ここ数日でさらに白さを増したように思う。

少女が暮らす国は他国との小競りあいに疲弊しつつあった。邑からも若者が徴兵され、未だ戻った者は一人もいない。

戦況は不明だが、国に納める年貢の量は確実に増え続けている。今年はなんとか凌げたが、来年はどうなるかわからない。一度でも不作となれば、生活はかなり厳しくなるだろう、と大人達は不安げに語っていた。

そこに、この長雨である。洪水が起これば、田や畑は全滅だ。

家屋にも被害がでる。死者だって、でる可能性がある。それでも、役人は手を差し伸べるどころか、容赦なく年貢を取り立てて行くはずだ。そうしなければ、逆に彼らが飢《う》えることになる。辛いのは、誰も同じなのだ。

男達は守り神に深い祈りを捧げると、少女を置いて次々と崖を登って行った。縄梯子も回収され、地鳴りのような水音が響く渓谷《けいこく》に少女だけが取り残される。

「……いっそのこと、ひと思いに殺してくれたほうが楽なのに」

いつ訪れるかわからない死を待ち続けるのは、酷く疲れる。むしろ、さっさと濁流に身を投げたほうが苦しまずにすむのではないかと思う。

　少女は背を小さく丸めた。そうでもしなければ、ずっと抑え込んでいた死への恐怖と、やり場のない怒りに喚き散らしそうだった。必死に落ち着こうとしても、渓谷に反響する轟音が少女の心を掻き乱す。指先が震え、涙が滲む。

　死にたくない。助けて、と両親の前ではけっして口にしなかった言葉が漏れそうになった。

その時だった。

「――生きてるか！」

　頭上から声が響いた。兄の声だ。少女は己の耳を疑ったが、振り返れば風に煽られながらも縄梯子を伝って降りてくる兄の姿があった。

「兄様……」

「くそっ、なんだこの鎖は！」

　少女の傍に駆け寄った青年は、岩場に打ちつけられた杭から延びる鉄鎖に顔を顰めた。十七歳になったばかりの兄は、上背もあり、大人に交じっても遜色がない逞《たくま》しい体つきをしている。顔は寡黙な父にそっくりだが、気性の激しさは母に通じるところがあった。

　身に纏っているのは、薄汚れた灰色の短服だ。長い間、雨に打たれていたようで、全身がずぶ濡れになっていた。おそらく、輿を運んできた男達が立ち去るのを近くで見張っていたのだろう。

「どうして、ここに」

「助けに来たんだよ」

妹を見殺しにできるか、と兄は吐き捨てるように言った。少女を縛《いまし》める鎖を断ち切ろうと、刀を取り出す。

「このまま俺と一緒に邑を出るぞ。この激流だ。遺体が見つからなくても、誰も不思議には思わねぇよ」

鉄鎖に刃を突き立てながら、兄は少女を安心させるように笑みを浮かべて見せた。

「俺だけじゃなくて、仲間もいる。都に出れば、きっとなんとかなるさ。いや、俺がなんとかしてみせる。だから、なにも心配しなくていい。安心してついて来い」

岩肌に打ちつける濁流は、今にも二人を呑み込まんばかりの勢いだ。その激しい音を切り裂くように、兄は渾身の力で鉄鎖に刀を打ちつけた。だが、いつまで経っても傷をつけるくらいしかできないと悟ったのだろう。舌打ちして、頭上を仰ぐ。

「ちっ、これじゃだめか。待ってろ、上にいる仲間に言って、もっと頑丈《がんじょう》なやつを――」

「兄様！」

少女は兄の言葉を遮るように叫んだ。そして、首を横に振る。

「私はここに残る」

「馬鹿、死にたいのか！」

少女は歯を食い縛った。死にたくない。死にたくなんかない。でも、だからといって兄と逃げるわけにはいかなかった。

「私が贄になれば、邑は助かる。そういう卦がでたからこそ、私はここにいるんだ。私が逃げたら、邑は助からない」

「お前は、自分の娘を見殺しにするような女の言葉を信じるのか！」

激昂《げっこう》する兄に、少女は顔を歪めた。たとえ己の命が危うかろうと、占の卦を偽《いつわ》ってはならない――それが占師としての戒めだ。だから、母は正直に告げたのだ。それで、娘を失うことになるとわかっていても。

「母様は立派な占師だ」

「ああ、そうだな。だが、占師としては一流でも、母親としては失格だ」

母を責める兄に、少女は目を伏せた。もしも自分が同じ境遇に置かれたら、どうしただろうか。母と同じように占師としての使命を優先させたか、それとも、子供のために卦を偽ったか。

どちらにせよ、辛いことだ。占師として守ってきた邑を取るか、それとも腹を痛めて産んだ娘を取るか。

「……私はここに残る。そう決めたんだ」

先ほどよりも、水面が近づいていた。きっと、そう経たずして、この岩場は濁流に呑み込まれてしまうだろう。ならば、自分にできることは一つだ。

「私のぶんも生きてほしい。兄様は都に出ても、やっていけるよ」

この国の未来は明るいものではない――少女の母は、暗い表情でそう告げた。国にも、人と同じで寿命というものがある。どれだけ栄華を誇っても、いずれは衰退《すいたい》していく運命なのだ。

「兄様の未来。占って、あげられたらよかったんだけど」

少女が困ったように笑えば、兄は涙を堪えるように俯いた。そして、両手で少女の肩を掴みながら震える声で言う。

「……お前だって、立派な占師になりたかったんだろ。そのために毎日、あんなに遅くまで頑張ってたじゃないか」

「うん」

母親のような、誰からも頼りにされるような占師になりたかった。だから、自分に占師としての才があるとわかった時は、心底嬉しかった。

「占師になって、母様みたいに人の役に立ちたかった」

「なら！」

少女は空に向かって叫んだ。

「でも、邑の人達を犠牲にしてまでなりたくなんてない！」

死にたくなかった。

だが、それ以上に邑を守りたかった。ずっと我慢していた涙が想いと共に零れ、頰を伝う。

どれほど恐ろしくても、どれほど悲しくても、逃げることだけはできない。

「私はここにいなきゃいけないんだ！」

自分が犠牲となれば、大事な人達を守ることができる。なんという皮肉だと、少女は己の運命を何度も呪《のろ》った。

たとえ河川の氾濫で、邑が被害を受けたとしても、それは誰のせいでもない。

だが、自分が犠牲となることで邑が救われると知っていたならば――知っていて逃げた結果、大切な人達が死んでしまったら、少女は自分を責めずにはいられないだろう。

「……なんでだよ。占は、人を助けるもんだろ。どうして誰かを助けるために、お前が犠牲になんなきゃなんねぇんだよ！」

兄は少女を抱き締めながら慟哭《どうこく》する。

やがて、いつまで経っても戻ってこない青年を心配したのか、縄梯子を伝い仲間達が降りてきた。彼らは少女の意志が固いことを悟ったのだろう。妹から離れない兄を強引に縛り上げ、崖を登って行ってしまった。

水面はもうすぐそこまで迫っている。だが、不思議と心は凪《な》いでいた。

死に対する恐れはある。しかし、ここに連れて来られた時のような、喚き散らしたくなるような衝動はきれいに消えていた。

足に雨よりも冷たい感触を覚えた。濁流が、岩場を乗り越え迫ろうとしている。少女はそれを祈るような気持ちで見つめた。

母の、占師としての腕は確かだ。

これで邑は救われるのだろう。

否、救われてくれなければ困る。

少女はすべてを受け入れるように、ゆっくりと目を閉じた。濁流に呑まれる寸前。少女は「春蘭！」と叫ぶ兄の声を聞いた気がした。

——そうだ。

思い出した。

あの時もたった一人、春蘭を助けようとした人——兄がいた。

その想いに自分は救われたのだ。

兄の姿が仲望に重なる。

行かねばならぬ。止めねばならぬ。

意識を繋ぎ止め、春蘭は光の奥へと向かった。

ふと、箏言《そうげん》は違和感を覚えた。

呪歌は止めずに、目だけで周囲を窺う。土間に座して歌い続けているのは、自分を入れて四人だけだ。他の者達は、意識を失ってしまった。

だが、呪術はあと少しで終わりを迎える。

太子は意識の戻らぬまま、眠るように息を引き取るだろう。

眩暈や吐き気、頭痛は感じなくなって久しい。限界を越した辺りから、感覚が麻痺《まひ》してしまったのだ。

――気のせいか。

途切れてしまった集中力を取り戻すために、箏言はうっすらと光る文様に目を細めた。呪歌を紡ぐ声に、より力を込める。

すると、一瞬だけ文様が歪んだ。見間違いかと、目を擦る。

やがて光は強さを増し、波打つように強弱をつけはじめた。おかしい。ここでようやく、箏言は違和感の正体に気づいた。

「別の気が、混じってる……？」

地脈を流れる〝気〟に、まったく別のなにかが干渉している。

正体を見極めようと目を凝《こ》らした時、地面に描かれた文様から滲み出していた気が、渦を巻くように吸い上げられた。

そして、あどけなさの残る少女の姿があらわれた。

箏言は呪歌も忘れ、神々しい光を放つ少女に見入った。

『〝気〟は吸収させてもらう』

「え？」

少女が片手を掲げる。

たったそれだけで、体にのしかかる負荷が消えた。

なんの力も感じられない。唖然として少女を見上げれば、苦しげに身をよじり、必死に取り込んだ気を抑えつけようとしている。

黄家が誇る複数の術者達が、何十日にもわたって練り上げた呪歌の結晶だ。そう簡単に抑え込んでもらっては困る。

『これは、ちと辛いな』

「……は、ははは。ちと、ですむようなもんじゃないよ」

『だが、私は三百年もの間、邑を守護し続けてきた守り神だ。舐めてもらっては困る』

「こっちだって、伊達《だて》にここまで生き延びてきたわけじゃないよ」

『ああ。母上から聞いてはいたが、本当にしぶといことだ』

挑むように睨みつけていると、最後の一欠片《ひとかけら》を身のうちに収めた少女は、苦しげに顔を歪めながらも、笑みを浮かべた。

相手が何者かはわからない。人ではありえないだろう。

——でも、まるで人間のような表情だ。

少女は、己の体を両手で抱き締めるように身を縮める。

「ほら、言わんこっちゃない」

『うむ』

と、その瞬間。目が眩むほどの、強い光が室内を覆った。

気づくと、箏言は土間に倒れていた。術者達も同じように意識を失っている。今のは質の悪い白昼夢で、呪術は成功したのではないか——と、文様の中心に目を向ける。

呪殺が成功していれば、中央にある太子の髪は燃え尽きているはずだった。だが、そこには、記憶にあるままの形で髪が残されている。

文様に力は残っていない。

必死に呪歌を紡ぐが、わずかな反応すら見られなかった。

やられた、と箏言は呟いて、痩せ細ってしまった両手で顔を覆う。

立ちあがる気力すらない。

まさか、最後の最後に来て呪術を阻止されてしまうとは。こんな終わりを、いったい誰が予想しただろうか。

「……ははっ、あはははっ」

のどから引き攣った笑い声が漏れる。

不思議と絶望は感じなかった。

箏言の人生は、すべて家名の復興に注がれた。不満はなかった。そうあるように育てられたというのも大きいだろう。

自分はただ、賭に負けたのだ。術者として力を試せただけ、父よりは幸運だった。

じょじょに目が霞んでいく。

なぜか室内に煙が入り込んでいた。天井付近にわだかまっていた煙が、下へと降りてくる。

知らぬ間に、嗅覚《きゅうかく》が麻痺していたらしい。そうでなければ、もう少し早く気づいていたはずだ。もっとも、気づいていたところでどうすることもできなかっただろうが。

　全身を蝕む疲労感に逆らうことができず、箏言はゆっくりと目を閉じる。逃げなければ、という考えは頭になかった。

──黄家の再興はむりだなぁ。

　でも、もう疲れたからいいや。

　箏言の意識は、深い闇にゆっくりと落ちていった。

第八章

北鵠《ここ》宮からでは、事態がどうなっているかわからない。

劣勢を覆すために、なんらかの方法を取るとは予想していたが、これほどまでに大規模な攻撃を仕掛けてくるとは思ってもみなかった。

矢継ぎ早に入ってくる報告に指示を出しながらも、楊秀《ようしゅう》は頭を悩ませていた。猩猩《しょうじょう》緋《ひ》は宮中の至る所に出没していた。

先の襲撃のように、一箇所から雪崩《なだ》れ込んできたのではない。まるで、宮中に潜んでいたかのように、突如として多方向からあらわれたのだ。

数日前から巡回の兵士を増やし、警戒に当たってきた。特に宴の当日は龍乎《りゅうこ》からの応援もあわせ、かなりの人数を使って宮中に目を光らせていた楊秀は、どうにも納得できずにいた。たとえどれほど巧妙に忍び込もうとも、これほどの人数を見逃すはずがない。

「とすれば、考えられるのは内通者か……」

内部に、猩猩緋を手引きする者が潜んでいる。そうでもなければ、これほどの人数が隠れていられるわけがない。

「楊秀様。敵は宮中の見取り図を手に入れているようです。これを」

　副官である万里《ばんり》の報告に、楊秀は己の推測が当たったことを確信した。渡されたのは、手描きで作成されたぼろぼろの見取り図である。

　けっして細かくはないが、建物の配置や行き止まりとなっている通路など、外部の者では知り得ない情報が惜しげもなく書き込まれている。禁軍兵や官吏達でも、ここまで把握している者はいないだろう。

「捕らえた賊徒が所持していたものです。火をつけたあとは、これを元に攪乱を行っていたようですね。それに、ここを見てください。ご丁寧に隠し通路の場所まで書いてありますよ」

「……どうりで、見失ったという報告ばかりが集まるわけだ」

　楊秀は忌々しげに呟いた。

　隠し通路を含む見取り図の流出は痛い。袋小路に追い込んで捕縛《ほばく》するという手段がとり難くなる。宮中を好きなだけ荒らし回ったあとは、見取り図を元に脱出する寸法だろう。

　かといって、今からすべての門に人員を回すわけにもいかない。将軍の大半は手勢を割いて、放火された建物の鎮火に当たっている。大半は消し止められたが、はじめに火をつけられた紫宝宮《しほうきゅう》だけが未だに燃え続けていた。

　これ以上、動かせる兵士はいない。楊秀は見取り図を睨みつけながら、重い口を開いた。

「陛下はどうされている？」

「お一人で後宮へ向かわれたそうです」

「……後宮に？」

「はい」

楊秀の胸を、嫌な予感が過った。仲望《ちゅうぼう》も春蘭《しゅんらん》を追って後宮に向かったはずだ。それに、あの方も……。

楊秀は想いを断ち切るように首を振った。すぐに頭を切り換える。

「おかしい」

沸儀《ふつぎ》の性格ならば剣を携えて、真っ先に猩猩緋を狩りに行きそうなものだが、なぜ後宮に向かったのか。楊秀が奇妙な矛盾に悩んでいると、顔を真っ青に染めた部下が走り寄ってきた。

「韓《かん》将軍に報告いたします。後宮に猩猩緋があらわれました！」

「後宮に？　警備はどこよりも厳重だぞ」

「そ、それが、警備の者達は次々と倒され――」

「侵入した賊徒の数は」

「一人です」

「一人だと！」

楊秀は思わず声をあげた。たった一人に禁軍の兵士達が後れを取ったとでも言うのだろうか。しかし、と楊秀は眉を寄せる。

攫猿《かくえん》退治の際に相手取った鬼面の男。あれは、自分と仲望が同時に相対しても平然としていた。気術を使っても、果たして勝てるかどうか。

逡巡したのは一瞬だった。

「私が行く。しばらくの間、ここを頼んだぞ」

「わかりました。お任せください」

万里が頷く。楊秀は最悪の事態に備えて、あらかじめ待機させていた者達を連れ、足早に後宮へと向かった。


黎貴妃《れいきひ》は歩みを進める度に、己が死に近づいて行くような感覚を覚えた。

後宮内を見通しているのではと疑いたくなるほど、兎天《うてん》が選んだ通路すべてに人の姿が見当たらなかった。猩猩緋を恐れ室に閉じ籠もっているとしても、誰一人とも会わないというのは異常である。いったいどうしたというのか。

「この廊下を抜けたところで、陛下があなたを待ってますよ」

そう言って、兎天は姿を消した。

来た道を取って返したかったが、祥安《しょうあん》の顔が胸裏を過る。黎貴妃は震える足を叱咤し、薄暗い廊下を進んだ。回廊に出ると、そこには死を覚悟した黎貴妃の心とは裏腹に、眩《まばゆ》いばかりに美しい庭園が広がっていた。

瓢簞《ひょうたん》の形を模して造られた池には、括《くび》れの部分に朱色の桁橋《けたばし》が掛けられていた。池の縁には遅咲きの牡丹が咲き誇っている。

その奥には、岩と土を盛って起伏をつけた小道がある。途中に東屋《あずまや》が置かれ、周囲には数種類の高木が聳《そび》えていた。

一度だけ来たことのある場所だ。

横に延びた回廊の突き当たりには、皇帝の居室へと繋がる扉がある。窓から望む景色は後宮の中でも随一なのだと、凛凛《りんりん》から聞いた。

沸儀は景観の一つであると錯覚してしまうほど、庭園の雰囲気に溶け込んでいた。衣裳は宴の時のままだ。池の傍に、宮中の混乱とは無縁の風情で佇んでいる。黎貴妃はなるべく平静を保ちながら、「陛下」と、声をかけた。ゆっくりと振り返る沸儀を見つめながら、黎貴妃は儚《はかな》げに見える笑みを形作る。

「騒動が収まるまで、陛下のお傍に置いてくださいませ」

怖かった、と震える声音で告げる。庭に降りて沸儀の元へと向かえば、大きな手に肩を抱き寄せられた。そのまま甘えるように、沸儀の胸元に頭を預ける。微かにわかる硬い感触。これを壊せば、祥安の命は保証される。

今だ。やれ。

脳裏に響く声に操られるように、袖に忍ばせた匕首を手にしようとした時だった。沸儀が、黎貴妃のほっそりとした手首を掴む。

「――そうか。真っ先に余を殺しに来たのは、お前か」

悲鳴をあげなかっただけ上等だろう。言い繕わなければ、と思うが、上手い言葉が出てこない。どうしようもなくて、黎貴妃は戸惑った表情を浮かべて見せた。

「そ、そんな。陛下を害するなど！」

縋るようにもう片方の――匕首を隠し持った手を、沸儀の胸へと伸ばす。そして、玉が埋められている場所目掛け、振り下ろした。あとわずか、というところで沸儀の手刀に叩き落とされる。

「あうっ！」

手首に走った激痛に、黎貴妃は悲鳴をあげた。兎天から渡された匕首が、音を立てて地面に落下する。黎貴妃は己の終わりを悟った。しかし、予想に反して、頭上から響いたのは不服げな声である。

「貴妃よ。お前はもっと賢いはずだ」

「うう、う」

黎貴妃は混乱する。

賢い、とはどういう意味だ。訝しみながら顔を上げれば、すぐ傍に、冷酷な瞳で自分を見下ろす沸儀の顔があった。

「余を排除するにしても、それは今ではないはずだ」

確かに、自分はいずれ沸儀を殺すつもりだった。だが、それは太子博焚《はくたく》を亡き者としたあと、祥安の太子としての地位を確立し、自らも皇后の座に就いてからと決めていた。それまでは、沸儀の皇帝としての権力が必要だった。けっして、こんな無謀な賭をするつもりなどなかったのだ。

悔しさに唇を嚙み締める。

「復讐の炎を燃やすお前は美しかった。いつかその矛先が、余にも向けられることを楽しみにしていたのだがな――なぜ、消した？」

「それ、は……」

鼻が触れあうほど近くに、沸儀の顔が近づく。どんな時も感情の揺れを見せなかった漆黒《しっこく》の瞳が、探るような色を帯びる。

世界のすべてを憎み、恨んでいた。

みんな苦しめばいい、と。

自分がそうであるように、もっと、もっと。

だが、一人の少女に教えられた。兄はなにも知らされていなかったのだと。裏切られたわけではなかった――心が癒やされた気がした。

そして、もう一人。

悪婦としての噂を知りながらも、疫《えき》に苦しむ民のため自分に膝を折った将軍がいた。なぜ、名も顔も知らない者達のためにそこまでできるのかと、胸が苦しくなった。

太陽の光が当たる場所を生きて来たのだろう。薄汚れた世界で、兄妹の絆《きずな》だけを支えに生きてきた自分とは違う。どこまでも真っ直ぐで、曇りのない眼差しをしていた。

気づけば、感情を支配していた復讐の炎は消え、罪悪の念だけが残った。

敵対した相手への罪の意識はない。手を打たなければ、逆に蹴落とされていた。

だが、玃猿が華安《かあん》にあらわれた時、己の身の安全を図るために、なんの罪もない女達を死に追いやってしまった。

——だから、これは罰なのだろう。

無言を貫く黎貴妃からなにを読み取ったのか、沸儀の双眸から、じょじょに興味の色が失われていく。顔が離れ、黎貴妃はその場に崩れ落ちるように座り込んだ。

「つまらん。せめてもの情けだ。この手で葬ってやろう」

鞘から剣が抜かれる。磨き上げられた刀身に、放心する己が映った。

ゆっくりと頭上に翳される。目を瞑ることもできずに、黎貴妃は断罪の刃が振り下ろされるところを見つめていた。

だが、それは横合いから伸びた腕によって阻まれる。体を掬《すく》うように持ち上げられ、黎貴妃は気づけば沸儀から離れた場所にいた。背中は力強い腕に支えられ、息が触れあうほどの近さに、兄、洪采《こうわ》の顔があった。

最後に顔をあわせたのは、もう二年以上も前になる。任務に向かう兄の背を見送ってすぐ、黎貴妃は妖《あやかし》に攫われた。

久し振りに見る兄は、背も伸び、体も逞しさが増していた。少しだけ残っていた幼さは、微塵《みじん》も見受けられない。懐かしさが胸に込み上げ、黎貴妃は唇を嚙み締めた。そうでもしなければ、嗚咽を零してしまいそうだった。

「……梁華《りょうか》か？」

困惑に満ちた呟きが兄の口から漏れた。腰に回された腕に力が籠もる。

死んだと伝えられていた妹が生きていた――それも、妃妾となって――と知ったのだ、混乱して当然だろう。黎貴妃はのど元まで出かかった言葉を呑み込んだ。自分には、洪采を兄と呼ぶ資格がない。憎しみに心を蝕まれ、復讐に手を染めた。

〝梁華〟は、もういない。

ここにいるのは、皇帝の寵愛を笠にきて我欲を満たそうとする醜い女なのだ。唇を噛み締め、心とは反対の言葉を告げる。

「人違いよ」

「生憎《あいにく》と、実の妹を見間違えるほど眼は悪くないつもりだ」

「違うと言って……」

「梁華。今は押し問答してる場合じゃない」

はっとして顔を上げれば、沸儀が興味深そうな眼差しをこちらに向けていた。その瞳には好戦的な色が宿っている。

「兎天殿を追ってきたんだがなぁ。まさか、こんな場面に出くわすとは。……俺が足止めしている間に逃げろ」

「だ、だめっ。息子が人質として、兎天に囚われて……皇帝の玉を壊さなければ、殺すって、そう、脅されて」

「それが目的か」と、洪采は吐き捨てるように言った。黎貴妃はなにがあっても、ここから逃げ出すことはできない。条件を違えれば、兎天は容赦なく祥安を殺すだろう。

「だから、兄さんは逃げてっ」

洪采まで巻き込まれる必要はない。自分は、もとより玉砕するつもりでここへ来たのだ。死はすでに覚悟している。拒絶するように腰に回された腕を振り解こうとすれば、憤然とした声が頭上から降ってきた。

「お前を置いて逃げられるか」

驚いて顔を上げれば、洪采はすでに沸儀目掛け穂先を繰り出していた。鋭い突きだったが、沸儀の玉へと届く前に簡単にいなされてしまう。

「動きが鈍いな」

「くそっ！」

確かに洪采の動きは精彩を欠いていた。黎貴妃の知る兄は、速さを生かした攻撃を得意としていたが、ずっと防戦を強《し》いられている。黎貴妃は玉砂利の上に手を這わせた。石とは違う匕首の感触に触れると、肌が傷つくのも構わずに握り締める。

洪采はどれほど不利な状況でも、自分を見捨てない。目の前で兄が殺される瞬間など、見たくはなかった。

決意に唇を嚙み締めれば、血の味がした。

「逃げろ！」

　余裕のない声が響く。

　見れば、洪采は武具をつけているにもかかわらず、満身創痍《そうい》といった体《てい》だ。宴のままの、豪奢《ごうしゃ》な袍をまとっている沸儀は、わずかに着崩れている程度で、かすり傷ひとつ負った様子はない。それだけ実力に差があるのだ。

「早くっ！」

　だが、黎貴妃が立ち上がるより先に、洪采の槍が撥ね上げられた。がら空きとなった胴に沸儀の蹴りが入り、勢いよく外塀に叩きつけられる。

「兄さん！」

「ぐ、ぅ……」

　頭を打ちつけたのか、必死で起きあがる洪采の焦点が定まっていない。それでも洪采は、足許に落ちた槍を拾い上げ、沸儀に切っ先を向けようとする。黎貴妃はそんな兄を守るように、沸儀の前に立ち塞がった。

「やめ……りょう、か」

「そう急かずとも、すぐあとを追わせてやるものを」

　隠し持った匕首を握り締める。機会は一瞬だけ。沸儀が剣を振り上げた瞬間、黎貴妃は渾身の力で地面を蹴った。

　沸儀の懐に入り、匕首を胸の——玉目掛けて突き刺す。

確かな手応えがあった。

やったか、と歓喜する暇《いとま》もなく、黎貴妃は地面に叩きつけられた。全身に走る激痛に呻きながら顔を上げれば、沸儀は胸に刺さった匕首を抜き、上衣を緩めた。

「残念だったな、貴妃よ」

匕首は確かに沸儀の体を傷つけていた。しかし、傷口はわずかに玉を逸れている。せめて玉を破壊することができれば、洪采に勝機を与えることもできたのに。

「さらばだ」

ああ、今度こそ終わりなのだ、と黎貴妃は身を強張らせた。

だが、横合いからあらわれた黒い影が、沸儀と黎貴妃の間に立つ。顔は見えない。その広い背中に黎貴妃の心が震えた。

「何事ですか、陛下！」

頭上から響く声に、黎貴妃は思わず「韓将軍……」と呟いていた。なぜ、男子禁制の後宮に楊秀がいるのか。

沸儀の低い声が響く。

「何用だ？」

「……後宮に猩猩緋があらわれました。ことは急を要するため、独断で兵を後宮に入れました。陛下。黎貴妃様が罰せられる理由をお聞かせください」

「貴妃は、余に匕首を向けた。さらに、猩猩緋と関係があるらしい。だが、仮にも情を交わした女だ。せめて余の手で葬ってやろうとしたまで。そこを退《ど》け」

無情な声が響く。

「それは、真実なのですか」

楊秀の問いに、黎貴妃は体を震わせた。肯定すれば、自分は罪人として沸儀に差し出されてしまうだろう。

しかし、否定はできなかった。

真面目な楊秀のことだ、黎貴妃の処断に異を唱えるかもしれない。巻き込むわけにはいかないと、黎貴妃は決意を固めた。

「本当ですわ」

顔を見てしまったら、きっと挫けてしまう。泣いて縋ってしまう。だから、黎貴妃は俯いたまま告げた。

「しかし……！」

自分はいいのだ。この手は、私心のために殺した者達の血で赤く汚れている。

でも、楊秀は違う。武人として人の命を奪ったことはあっても、我欲のために剣を取ったことはないだろう。

憎らしいほどに、実直な人だ。

だからこそ、惹《ひ》かれてしまったのかもしれない。

「陛下を殺し、行方の知れぬ太子に罪を擦りつけるつもりでした。陛下に刃を向けた時より覚悟はできております」

すぐ傍から、息を呑む音が聞こえた。最後にこうして触れあえたことが、唯一の慰めである。心残りは幼い我が子であるが、利用価値が薄れた相手をわざわざ手に掛けるほど兎天も暇ではないだろう。沸儀も博焚を敵とする以上、たとえ母親が反逆者となっても、唯一の男児である祥安に手は出し難いはずだ。

そして、洪采も自分が死んだとなれば、逃げてくれるかもしれない。怪我を負ってはいても、混乱に乗じて退避するくらいはできるはずだ。

「退いてください」

声に力を込め、もう一度はっきりと告げる。これ以上は、楊秀のためにならない。黎貴妃は痛みを堪えながら立ちあがった。

「願わくば、公子には慈悲を」

「よかろう」

これで懸念は消えた。

玉砂利を踏み締め、黎貴妃は楊秀の体を押し退けるように沸儀の前に進んだ。刃の届く距離で足を止める。

黎貴妃は瞼を閉じた。きっと、そう苦しまずに逝《ゆ》けるだろう。しかし、沸儀の喜悦を含んだ声に目を見開くことになる。

「――おもしろい。次に刃を向けるのは、お前か」

振り返れば、沸儀に剣を向ける楊秀の姿があった。その双眸には、強い光が宿っている。

黎貴妃は震える唇で、「なぜ……」と呟く。

「あなたを死なせたくない」

歓喜と絶望が胸を支配する。

黎貴妃の頰を涙が伝った。

民からは稀代《きたい》の悪女と、怨嗟の声で罵《ののし》られ。

自らも、それに相応しい振る舞いをした。

両手は血に塗れ。

復讐だけが、生きる糧《かて》だった。

そんな女を、死なせたくない、と。

すべてを——命さえも捨て去ることを承知で、庇おうというのか。

くぐもった笑い声が聞こえた。沸儀の唇が、三日月を象ったように弧を描く。

「愚かなことだ。だが、そうだな。それが、余に刃を向ける理由となるならば、上出来だ。相手として不足はない」

沸儀の視線が、楊秀へと向けられる。極上の獲物を前にした獣の眼だ。自分に向けられたわけではないが、背筋が粟立ち肩が震えた。

「黎貴妃様。そこをお退きください」

「い、いけません！」

目の前で、楊秀が死ぬところなど見たくない。伸びてきた手に腕を摑まれ、黎貴妃は沸儀の元に引き寄せられた。

「これが欲しいか、韓楊秀。余に勝ったあかつきには、持って行くがよい」

「その言葉、忘れませんぞ」

黎貴妃は突き飛ばされ、玉砂利の上に倒れ込む。痛みを堪えながら体を起こせば、すでに戦いははじまっていた。

沸儀と楊秀の体軀《たいく》は、ほぼ同等である。手の長さや胸の厚みも差はわずかしかない。ただ余裕が感じられるのは前者だ。剣と剣との激しい打ちあいに、黎貴妃は唇を震わせた。

重く鋭さを感じさせる一撃を、沸儀は片腕で簡単にいなしてしまう。無駄な動きが一切感じられない足捌きは、禁軍の将であり、気術兵でもある楊秀を相手にしているにもかかわらず乱れがなかった。

楊秀も強いが、沸儀はその一つ上を行く。

「手加減は無用だぞ、韓将軍。本気で向かってくるがいい」

「むろん、そのつもりです！」

楊秀を取り巻く場の空気が変わった。重さを増した、とでも言うべきか。息苦しさに、黎貴妃はのどを押さえた。楊秀の体から、陽炎《かげろう》のようなものがふわりと立ち上る。

「――参ります」

剣を構えた、と思った時には、楊秀は沸儀の眼前に迫っていた。

勢いを載せた渾身の一撃には、さすがの沸儀も後退を強いられる。

楊秀を見つめる眼が、柳の葉のように細められた。ぞっとするほど冷徹な瞳だ。だが一方では、高揚しているようでもある。沸儀の周囲もまた、同じように空気が揺れ動く。

「よい剣だ。しかし、まだ足りぬ」

沸儀の顔に、凶悪な笑みが浮かぶ。

その眼差しが、地面に座り込んでいる黎貴妃へと向けられた。

「あれを殺せば、否応なく本気にならざるを得まい？」

「なっ！」

楊秀の顔色が変わった。

沸儀は、やると言えば躊躇なく刃を振り下ろすだろう。

「そうだ。もっと余を憎め」

——この男は、修羅《しゅら》だ。

争うことを糧とし、そのためならばこの世のありとあらゆるものを利用する。〝貪欲〟などという言葉では言い表せない。これは、本当に人間なのかと、疑ってしまいたくなる。楊秀の足枷になってはいけないと、黎貴妃は距離を取ろうとした。しかし、一歩でも動けば、沸儀の刃が迫ってくるような錯覚に囚われ、ただ震えるしかできない。

自分の弱さを嘆いていると、不意に強い力に腕を掴まれた。体を持ち上げられたかと思えば、離れた場所に優しく降ろされる。

「待ってろ。絶対、兄ちゃんがなんとかしてやるからな」

　頭を撫でる大きな手。昔から変わらないそれに、黎貴妃は縋りつきたい衝動に駆られた。しかし、ほのかな温かさを胸に残し、手はすぐに離れてしまう。顔を上げれば、槍を構えた洪釆が楊秀と肩を並べていた。

「……まさか、あんたと共闘することになるとはね！」

「それはこちらの台詞だ！」

　はじめてとは思えないほど、息のあった攻撃を繰り出す二人に押され、さすがの沸儀も後退せざるを得ない。

　それでも、表情は楽しげに歪められている。

「面白い」

　左肩を狙った楊秀の一撃を剣で受け止め、がら空きとなった右側を狙った洪釆の攻撃を、槍の柄を摑み阻止する。

「よいぞ。もっと余を楽しませろ」

　空気を震わせる哄笑《こうしょう》が、庭園に響き渡った。

第九章

頭が朦朧《もうろう》としていた。

なにもしていないのに、指先から力が抜けていくような感覚だ。春蘭《しゅんらん》は宙に漂いながら、今までのことを反芻した。

地脈を辿った先に出たのは、薄暗い室だった。痩せこけた男達が円を描くように地面に座し、一心に呪歌を唱えていた。集められた膨大な〝気〟は、よくもまあここまで練り上げたものだと、思わず感心してしまうほどに濃密だった。

守り神でなければ、あまりの息苦しさに、この場に近づくことさえできなかっただろう。あの時、白桃《はくとう》が隠し通路の先に向かうことを拒んだのは、それが理由だったのだ。本能で危険だと察知したのだろう。

春蘭の体を形作る〝器〟は、じょじょに形を失いつつあった。

指先からすでに光が零れるように、消滅がはじまっている。そう時を待たずして、終わりが訪れるだろう。

古い記憶から新しい記憶まで、様々な光景が驚くほど色鮮やかに蘇った。

兄の顔や、母親、父親に、近所の邑人《むらびと》達、なかにはおぼろげにしか思い出せない者もいたが、頭の隅に追いやっていただけで、忘れてはいなかったのだと感嘆した。

そういえば、邑を出た兄はどうしたのだろうか。

守り神となってからは、人としての感情が希薄になり、縁があった者達に意識を向けることはなくなってしまった。

やがて春蘭を知る者達も亡くなり、気づけば長い年月が経っていた。

久方ぶりに言葉を交わしたのが、玄楽《げんらく》だった。真名《まな》を奪われ、占を頼りに華安《かあん》へと辿り着いた。半季にも満たない短い間だったが、春蘭はそこでたくさんの人と出会った。

結局、別れを告げることはできなかった。

それだけが心残りである。

ふわり、ふわり、と春蘭は風に乗るように流れた。

そして、見知った光を見つける。

楊秀《ようしゅう》がいた。洪采《こうわ》と、その背に庇っているのは黎貴妃《れいきひ》か。三人の前に立つのは、沸儀《ふつぎ》だ。大量の気を身に纏い、圧倒的な力で楊秀と洪采を翻弄している。このままでは、いずれ二人は力尽きるだろう。

——助けてやりたい。

これは、〝春蘭〟としての気持ちだろうか。器が壊れたことで、人としての感情が混じったか。風を操り、春蘭は傍に近づく。

「もうこいつ、人間じゃないだろ！」

「うるさい。さっさと手を動かせ」

洪采と楊秀が、言いあいのように言葉を交わしながら、沸儀に向かっていく。春蘭はそんな二人に目を凝らした。洪采は左肩だけ気の巡りが滞っている。あれでは、まともな攻撃はできないだろう。

『どれ、少し和らげてやろう』

春蘭は己の気を集め、洪采の体を包み込むように覆った。これで手足を蝕んでいた痺れのような感覚はなくなったはずだ。

「なんだ、これ……」

沸儀の一撃を、洪采は両腕で受けきった。続く攻撃を巧みに避けながらも、突如として回復した体調に困惑しているようだ。よかった、と春蘭は安堵する。

『楊秀には、私の力をわけてやろう』

守り神の〝神気〟は、地脈を流れる〝気〟とは質が違う。より肉体を高めることができるだろう。己の魂魄は崩壊へ近づくことになるが、春蘭に躊躇いはなかった。楊秀の負担にならない程度の〝気〟を、ゆっくりと胸部に埋め込まれた玉に流し込む。

「……体が！」

楊秀が驚きの声をあげた。肉体が纏う気の密度が濃さを増し、はっきりとわかるほど攻め立てる手に力が籠もる。洪采も両腕で自由自在に槍を振り回していた。

洪采にも、と思ったが、春蘭は己の力がほとんど残されていないことに気づいた。

崩壊はすでに、体の半分まで及んでいる。ここでむりをすれば、一瞬にして春蘭は消えてしまうだろう。これ以上の助力は難しく、見守る以外に方法を持たない春蘭は、不安に心をざわめかせた。

二人の動きに沸儀は違和感を覚えたのか、地脈から取り込む気の量を増やす。楊秀が大胆な攻撃を加え、洪采がその隙をついて鋭い一撃を放つ。その息のあった行動には、さすがの沸儀も押されているようだ。

——だが、このままでは勝てない。

春蘭の想いが届いたように、沸儀から距離を取った二人は、素早く横目で互いを確認する。

「俺があいつの隙をつくる」

「止《よ》せ。隙をつくる前に、叩き斬られるのがおちだぞ」

「斬られても、隙がつくれれば問題ないさ」

不敵な笑みを浮かべた洪采は、槍を頭上で一閃《いっせん》させると、剣を構える沸儀に向かって突進した。相手の間合いには入らず、槍の長さを生かし牽制する。その間、楊秀は動かない。

「小賢しい」

沸儀は呟いたと同時に、踏み出した足に上半身を乗せ、洪采を強引に己の間合いに納める。頬を洪采の穂先が掠め、左耳を貫いた。

しかし、沸儀は顔色一つ変えずに、洪采の頭上目掛けて剣を振り下ろす。洪采はとっさに柄の部分で受け止めるが、体勢が不十分だった。剣を受けた部分から、槍が真っ二つに折れてしまう。

「ぐっ……！」

それを見た楊秀が、とっさに動こうとした時だった。

洪采は沸儀が体勢を整える前に、二つに折れた槍の穂先を地面に突き刺し沸儀の袍を縫い止める。それはわずかな間ではあったが、沸儀の動きを止めるには充分なものであった。

「今だ！」

洪采の合図よりも先に、楊秀は飛び出していた。身動きの取れない相手に、横合いから容赦ない一撃を浴びせかける。

だが、沸儀は避けなかった。

迫り来る刃を、己の右腕で受ける。剣が肉にめり込むが、それは切断まではいかずに骨の部分で止まった。

「馬鹿っ、手を放せ！」

洪采の叫びが響く。剣を抜こうとする楊秀だったが、深く食い込んでいるせいか引くことも押すこともできない。

「これで終いだ」

沸儀ががら空きとなった楊秀の懐に、剣を突き刺した。鎧甲を貫通し、鮮血が溢れる。楊秀はその場に力なく崩れ落ちた。黎貴妃の悲痛な叫びが木霊《こだま》した。

「韓将軍！」

「とどめだ」

楊秀の頭部目掛けて振り下ろされた剣を、既《すんで》のところで洪采が短剣で弾く。しかし、己は避けきれずに、怪我を負っていた左肩を切り裂かれる結果となった。

春蘭はとっさに、出血を抑えるために力を行使する。だが、楊秀と洪采は地面に蹲ったまままぴくりともしない。全身に纏った〝気〟は乱れてはいるものの、消える気配がないことから、二人がまだ生きているとわかる。

もう一度、と春蘭は力を送り込もうとした。そこに沸儀の訝しむ声が響く。

「なにかあるな？」

その眼は、春蘭を捉えていた。仲望《ちゅうぼう》のような体質でもない限り、肉体を持たない守り神を視認することはできない。にもかかわらず、春蘭を見つめる眼差しには確信が滲んでいた。

「気の流れが異質だ」

春蘭はこの男が、宴で己の占を見破ったことを思い出した。気を視られるわけではないが、流れを感じることはできるのだ、と。

「面白い」と呟いた沸儀は、春蘭に向けて手を伸ばした。その途端、引き込まれるような感覚に春蘭は困惑する。

力を与えているわけではない。それでも、沸儀の玉に吸い込まれてしまいそうな錯覚を受ける。崩壊の進行が速まった。沸儀は地脈から気を得るように、春蘭の力を奪っているのだ。

「ほう。この力はなにかが違うな」

逃げなければ、と思うが動くことはできない。このままでは、沸儀に吸収され、〝春蘭〟は時を待たずして消えてしまうだろう。

どうせ、間もなく消滅するのだ。ここで沸儀に吸収されたところで、それが少し早まるだけにすぎない。ただ、楊秀達だけは、どうにかして逃がしてやりたかった。彼らはまだ生きている。春蘭と違って、生きることができる。

『せめて、玉を』

――壊すことができるなら。

途切れそうになる意識を、春蘭は必死で繋いだ。そして、逆に玉へと力を込める。楊秀に力を分け与えた際とは違い、残っていたすべての気を一度に注ぎ込む。

「なんだ、これは……？」

異変を感じた沸儀が、春蘭から離れようと身を退ける。

逃がさない。

逃がしてなどやるものか。

この男は、人々を苦しめる。

〝――それは、今を生きる者達が受けなければならない痛みだ〟と、仲望は言った。

しかしこの男のせいで誰かが傷つくというなら、自分は何度でも命を張る。大切な人達には、幸せであってもらいたい。

押し込もうとする春蘭と、撥ね除けようとする沸儀の根比べが続くかと思ったさなか、沸儀目掛けて躍り掛かる影があった。

「久し振りですね、陛下！」

掛け声と共に振り下ろされた一撃を、沸儀は危なげなく防ぐ。奇襲だったにもかかわらず冷静に対処する相手に、それを仕掛けた玄楽は舌打ちした。その姿を一瞥した沸儀は、わずかに双眸を見張った。

「ほう、その髪は鄭《てい》家の……生きていたか」

「地獄《じごく》の淵から戻って来たんですよ！」

玄楽は胸部の玉を狙うように、鋭い攻めを繰り返す。気術を使った容赦のない攻撃は、怪我を負っている沸儀を押していた。それを見た春蘭も、玉に注ぎ込む力を強める。

「む……」

再び違和感を覚えたのだろう。玄楽の剣を受け止めながら、沸儀は顔を顰めた。

「よそ見してていいんですか？」

挑発するような口調に、沸儀の意識が玄楽へと戻される。だが、全身に纏う〝気〟は春蘭の介入を受け、不安定な動きを見せていた。

『あと、少し……』

玉が神気に耐えきれず、震えはじめている。だが、足りない。ありったけの気を注いでも、あと少しだけ。

沸儀の容赦ない一撃が、玄楽の利き腕を裂く。鮮血が白い玉砂利を赤く染め、玄楽が痛みに呻き声を漏らした。

「先ほどまでの威勢はどうした？」

剣を持ち替えた玄楽を、沸儀はここぞとばかりに激しく攻め立てる。玉の異変よりも、目の前の敵を優先したのだろう。その動きに淀みはない。

「これで終いだ」

剣ごと玄楽を叩き斬ろうとでもいうように、沸儀が頭上に腕を振り上げた時だった。玄楽が会心の笑みを浮かべる。

「あんたの負けだ」

一本の矢が、空を切り裂いた。

そして、吸い込まれるように沸儀の胸――玉へと突き刺さる。ぱき、と小さな音を立て、玉に亀裂が入る。

刹那、春蘭の込めた神気が、玉から一斉に溢れ出した。

〝気〟の残滓《ざんし》が、宙に溶けていく。罅《ひび》は瞬く間に広がり、矢が地面に落ちると同時に玉が粉々に砕け散った。

「ぐぅ……！」

その隙を逃さず、玄楽は剣を弾き飛ばす。沸儀は顔を歪ませ後退ろうとするが、油断なく剣を構える玄楽の前で、制御の効かない力に意識を奪われ、呻き声をあげながらその場に昏《こん》倒《とう》した。

一度、足掻くように体を起こすが、やがて力尽きたように倒れ伏す。

「春蘭！」

もう二度と、聞くことはないと思っていた声が響く。ゆっくりと意識を向ければ、弓をかなぐり捨てて走り寄る仲望の姿があった。

それに、春蘭は胸中で嘆息する。

気を視ることができるからこそ、後宮を最期の場所にと選んだつもりだったのに。目の前で消えるなど、辛い光景を見せたくはなかったのに。

だが、伸ばされた手が春蘭に触れることはなかった。牽制するように投擲《とうてき》された匕首が、仲望の足許に突き刺さる。見れば、玄楽の足許にも同じように匕首が刺さっていた。

音もなくあらわれたのは、腕に赤子を抱いた黒衣の男だった。

顔の半分には醜い火傷の痕が残り、窪んだ眼窩が凄《すご》みを増している。男を見た玄楽は顔を顰め、黎貴妃が青ざめた表情で「兎天《うてん》……なぜ、祥安《しょうあん》を」と呟いた。

「上出来ですよ、梁華《りょうか》。あなたが殺される瞬間を狙って攻撃するつもりでしたが、まさかこんな結末になろうとは」

兎天は立ち止まると、小さな瓶を黎貴妃に向かって投げた。とっさにそれを受け取った黎貴妃は、美しい顔に困惑の色を浮かべる。

「おい、兎天。これはどういうことだ？」

唸るような玄楽の声に、兎天は首を傾げた。

「あなたこそ、なぜここにいるのです。太子のことは任せろというから、私はしかたなく手を引いたのですよ？」

「太子は無事だ。呪いも消えた」

「それはよかった」

兎天は眼を細め、引き攣ったような笑みを浮かべる。そして、視線を黎貴妃へと戻した。そのか細い肩が、怯えたように戦慄《わなな》く。

「梁華。あなたへの最後の任務です。それを飲みなさい」

「これは……」

「毒です」

黎貴妃が驚いたように息をつめる。毒を持つ手が、微かに震えていた。

「子のことは心配ありません。すぐにあなたの元へと送ってあげますよ」

「そんなっ、約束が違う！」

「化け物の子など、生きているほうが不憫ではありませんか。感情が芽生える前に、葬ってしまったほうが本人のためです」

祥安は薬で眠らされているのか、母親の悲痛な声を聞いても、ぴくりとも動こうとしない。

黎貴妃は挑むように兎天を睨みつけた。

「それでも、祥安は私の子です。不憫かどうかは、あなたに決められるものではありません。その子が判断すべきことです」

　化け物の子、と言われても、黎貴妃の顔に一切の迷いは見られなかった。それを、兎天は醒めた瞳で一笑する。

「ならば、余計にこの子の命が惜しいはず。あなたが化け物の子を産んだと認め、自害するのであれば、見逃してもいいでしょう。公子でさえなければ、火種にはなりませんからね」

「兎天殿。俺はなにも聞いてねぇぞ。なぜ、梁華が生きている」

　険しい表情を浮かべる玄楽に、兎天は冷めた視線を向ける。

「教えたら、私の計画に反対したでしょう？　すべては民のためですよ。ここで公子派の筆頭である黎貴妃が倒れ、公子が行方知れずとなれば、博焚《はくたく》様の地位は盤石《ばんじゃく》のものとなります」

　だから、と兎天は黎貴妃に顔を向けた。その瞳は、早く毒を呷《あお》れと促しているように見える。黎貴妃は瓶を持つ手を震わせた。

「本当に、祥安を助けて……」

「もちろんです。私の目的は、この男への復讐ですから。力を封じ、権力を剥奪《はくだつ》し、自由を奪う。己の我欲のためだけに生きてきたこの男にとって、それは最大の屈辱《くつじょく》でしょうね」

　兎天の眼は妖《あや》しい光を湛え、恍惚《こうこつ》とした表情で告げる。描いてきた復讐が成就されたことで、舌が滑らかになっているのだろう。

「この男とは対極にある博焚様が、この男が壊した世界に平和をもたらす。それを、命が尽きるまで眺めていればいい。檻の中でね」

復讐のために殺すのではなく、復讐のために生かす――歪んでしまった心に、春蘭は兎天の恨みの深さを見た気がした。

「さあ、梁華」

兎天が甘い声で囁く。黎貴妃は震える手で瓶の栓を抜いた。ひと思いに呷ろうとした時、くぐもった呻き声と、なにかが地面に落ちて割れる音が響いた。

「な、ぜ……」

兎天の胸から、槍の穂先が突き出ていた。崩れ落ちた背後にいたのは、洪釆である。片手には、祥安が抱かれていた。

「なぜ、だって？ 自分の胸に手を当てて訊いてみるんだな」

そして、もう一人。

黎貴妃は茫然としながら、割れた瓶を見つめていた。傍らには、その華奢な体を掻き抱く楊秀の姿がある。

「なぜ、止めるのです。私は、死ぬべきだったのに……」

黎貴妃ののどから嗚咽が漏れた。罪深い女なのにと、震える声で告げる。だが、楊秀は自嘲するように笑んで、首を振った。

「あなたが罪深いのならば、私も同じでしょう」

「違う。違います」

「いいえ、違わない。私が陛下に刃を向けた瞬間、我が一族は罪人となります。一族郎等に至るまで、斬首《ざんしゅ》されてもおかしくはない。私はそれをわかっていて、あなたを選んだ」

楊秀は黎貴妃の艶やかな髪を、労るように撫でた。

「どうか、私と共に生きてください」

黎貴妃は迷うように洪采を見た。硬い表情を妹に向けた洪采は、一拍の間を置いて、深い溜息をついた。

「――梁華は死んだ。黎貴妃なんて女も知らない」

それは、兄として精一杯の優しさだったのかもしれない。洪采は黎貴妃の腕に赤子を押し込むと、顔をくしゃりと歪めてみせた。

「守ってやれなくて、すまなかった。助けに行けなくて、すまなかった。なにも知らなくて、すまなかった」

「兄さん……」

「ごめんな。謝るしかできねぇ……。でも、お前が生きてるって知れて、嬉しかった」

不格好な笑みを浮かべた洪采は、黎貴妃の頬に触れようとして、しかし、伸ばした手を握り締めた。そのまま離れた場所に立つ玄楽の元へと向かう。玄楽は黎貴妃を一瞥するが、すぐに洪采へと視線を戻す。

「でけぇ独り言だったな」

「余計なお世話です」

「目的は果たした。禁軍が駆けつけて来る前に撤退するぞ」

「はい」

洪采はもう、妹を見ることはなかった。玄楽は最後、仲望を見てなにか言いたそうに口を開きかけたが、結局なにも言うことなく立ち去った。どんな言葉も、慰めにはならないと思ったのだろう。

「楊秀」

静けさが戻った中庭で、仲望の呼びかけに、楊秀は弾かれたように顔を上げた。そこには、苦渋の色が浮かんでいる。

楊秀にとっても、悩み抜いた末の決断だったはずだ。

「仲望、私は……」

「以前、俺に提案した計画通りに行動すればいい」

「あれは、お前と春蘭のために」

「俺はもう必要なくなったんだ」

寂しげに、仲望は呟いた。その視線は楊秀ではなく、春蘭に向けられている。

「陛下が力を失ったとわかれば、花中書令《かちゅうしょれい》が動く。公子派の面々も、黎貴妃と公子が姿を消したと知れば、保身のために太子派に寝返るだろう。お前が陛下に刃を向けたことも、うやむやになるはずだ」

陛下に逆らったのは俺も同じようなものだからな、と言って仲望は苦笑した。そして、楊秀の腕の中で涙を零す黎貴妃に目を留める。

「死を選ぶことが、必ずしも贖罪《しょくざい》に繋がるとは思わない。あなたが奪った命もあったが、あなたが与えた命もあったはずだ」

諭すような声に、黎貴妃は顔を歪めた。

「私は、生きても、いいの、です、か」

「わからない。きっと、あなたの手で命を絶たれた者達は、あなたを深く恨んでいることだろう。でも、あなたの隣にいる男だけは、生きて欲しいと願っている」

それだけは確かだ、と仲望は告げた。そして、楊秀の肩を促すように叩いた。

「そろそろ行ったほうがいい。騒ぎに乗じれば、宮中から出られるはずだ」

「すまない」

「礼は、無事に逃げ延びてからでいい」

楊秀は決意を滲ませた瞳で頷くと、黎貴妃と祥安を連れ足早に去って行った。それを見届けた仲望が、ゆっくりとした足取りで春蘭に近づいてくる。

「……太子は無事だ。体を覆っていた黒い気も、きれいに消えた」

仲望が伸ばした両手は、春蘭の体をすり抜ける。それでも、抱き締められている気持ちになるから不思議だ。

「守ると決めたのに、この様《ざま》だ」

そんなことはない、と言いたかったが、春蘭には言葉を伝える余力すら残されていなかった。胸から下はすでに霧散し、全身を覆っていた光もじょじょに薄れはじめている。

三百年前、死を覚悟した春蘭の前にあらわれたのは、邑を護っていた守り神だった。

命の終わりを間近に迎えた守り神に替わり、春蘭はその役目を引き継いだ。人としては珍しく、守り神となる素質を担っていたからこそできたことだ。占の卦に、春蘭を生け贄とするように出た理由は、そこにあった。そして、春蘭は守り神として邑を護っていた。

「頼むから、消えてくれるな……！」

仲望の声に、春蘭は深い悲しみを覚えた。

生きたかった。

死ぬなと悲痛な声をあげるこの男の隣で、生きていたかった。

ゆっくりと、意識が溶けるように沈んでいく。仲望の姿がおぼろげになり、やがて視界が真っ白に染まった。

だが、その直後、強烈な光が薄れゆく春蘭の意識を繋ぎ止めた。

『──間にあったようだな』

意識を取り戻した春蘭が見たのは、龍天山《りゅうてんざん》で助けた華安の守り神である龍の姿であった。

白銀の鱗《うろこ》を輝かせ、労るような眼差しを春蘭に注ぐ。本来の力を取り戻しつつあるのか、呪によって封印されていた時よりも、全身から放たれる〝神気〟は輝きを放っていた。

その背から、地脈に潜った際、これからは好きに生きよと、別れを告げた白桃が飛び降りる。

『そなたを助けて欲しいと、哀願されてな。そなたには呪術から救ってもらった恩がある。力となろう』

「バウゥ！」

白桃がひときわ大きな声で吼えると、不安げに仲望の周りをうろうろと歩き回る。

『しかし、これはずいぶんと酷い。すぐにでも消えてしまいそうだ』

「春蘭を助けることができるのですか！」

『ふむ。人の子よ。そなたは、私が視えるのだったな』

仲望が微かに頷いた。珍しいこともあるものだ、と龍神《りゅうじん》は眼を細めた。

『守り神として、生き延びることはできぬ。すでに真名は器と共に失われた。だが、人として生き延びる手はある』

「いったい、どうすれば」

『器の代わりとなるものが必要だ。それがなければ、たとえ人の姿に戻ったとしても、魂は形を維持できぬまま消えてなくなるだろう』

「器……」

龍神は仲望の右目を示した。仲望が釣られるように、己の目に触れる。

『気を集めることのできるそなたの瞳ならば、器の代わりとなるやもしれぬ』

「どうすればいい？」

『本当によいのか？』

「かまわない」

『その覚悟、しかと受け取った』

仲望の体がびくりと揺れた。痛みに耐えるように顔を歪める。やがてその右目から鮮血があふれ、官服を汚した。

ふわりと宙にあらわれたのは、神々しい光を纏った玉である。

龍神の力で玉と化した仲望の右目だ。同時に、龍神の神気が春蘭を包み込む。暖かな日溜まりのような心地よさに身を任せていると、再び声が響いた。

『私が力を貸そう。これがそなたの新しい魂の器となる。気を馴染ませるのだ』

今にも崩れそうな春蘭の魂を、龍神は己の力で支えながら新たな器へと導く。春蘭はその言葉に従い、光を放つ玉へと意識を向けた。なけなしの神気を、意識が途切れそうになりながら流し込む。

『眠ってはならん。辛いだろうが、人の姿に戻るよう念じるのだ』

微睡《まどろ》みそうになる意識を、春蘭は必死に繋いだ。そして、龍神の力を借りながら肉体を呼び戻す。周囲を包み込んでいた淡い光がじょじょに薄れ、春蘭はそっと瞼を開き――。

「……っ、この馬鹿者が！」

視界に映った男を叱り飛ばした。飛び起きるように体を起こすと、袖を破いて、仲望の右目に押し当てる。見る見る間に生地が赤く染まり、春蘭は奥歯を噛み締めた。

だが、仲望は構うことなく、春蘭を壊れ物を扱うような手つきで抱き締めてきた。その手が肩や腰に触れ、本物だとわかるなり回された腕に力が籠もった。

「生きてる……」

「当たり前だ」

「……もう二度と、会えない、かと」

背に回された腕が微かに震えていた。春蘭も同じだ。二度と、会うことはないと覚悟を決めた。それが、こんな形で呼び戻されるとは。

「仲望、見ろ」

春蘭は上衣の襟を緩めた。

ちょうど心臓に当たる部分に、白い玉のようなものが浮かび出ている。

「これは」

「気術兵ではないが、似たようなものだ」

「もしかして、これが壊れたら……」

「死ぬだろうな。あくまでも本来の器ではないものを代用としたのだ、この程度の弊害はしかたのないことだ」

顔を引き攣らせる仲望を他所に、白桃が空に向かってひときわ大きく吼えた。守り神の力を失ってしまったため姿を見ることは叶わないが、役目を終えた龍神は龍天山に戻って行ったのだろう。

邑を守れなくなってしまった、という後悔の念はある。だが、あそこで翰栄《かんえい》を見捨ててしまえば、世の荒廃が、やがて春蘭が守護する邑をも呑み込んだ。形は違えども、春蘭は邑を守ったのだ。

礼を言い終えたのか、白桃は春蘭の元へと走り寄ると、興奮するように周囲を飛び跳ね出した。

「ぬしにも心配をかけたな、白桃」

「ウォン」

尻尾を振りたくっていた白桃は、ふとなにかに気づいたのか、首を巡らせると、春蘭の裾を嚙み引き摺りはじめた。

「む。誰かくるのか。それはまずいな」

「……急ごう」

「こっちだ。まさか、こんな風に退路を使うことになろうとはな」

玄楽への備えだったが、寝る間を惜しんで駆け回ったことは無駄ではなかったらしい。仲望と春蘭を背に乗せた白桃は、指示に従って回廊を走る。春蘭はその途中、顔を背後に向けた。

「さっさと帰るぞ。啓璋《けいしょう》や友寧《ゆうねい》が待つ、鄭家に」

「きっと、たくさんの小言が待ってるぞ」

「望むところだ」

春蘭は不敵に微笑んだ。

猩猩《しょうじょう》緋《ひ》による襲撃があった、その三日後。

太子博焚の命により、皇帝沸儀が捕縛された。帝位の簒奪である。しかし、官吏達の大半が、博焚を支持した。沸儀の暴虐振りは、誰の目から見ても明らかなものであった。

猩猩緋の手に掛かり玉を破壊された沸儀は、気の暴走を受け、二度と剣の持てぬ体となった。半年後、華安より離れた離宮に幽閉。寵臣であった管招達《かんしょうたつ》は、自害。

そして、公子祥安と黎貴妃は混乱のさなか、母子ともに命を落としたと伝えられている。

終章

古めかしい門前に立つのは、十六、七の少女だ。すらりと伸びた背に反し、整った容貌にはまだあどけなさが残っている。

空を仰げば雲ひとつない晴天が広がり、春蘭《しゅんらん》は朝からの強い日差しに眩《まぶ》しげに目を細めた。今日は暑くなりそうだ。

「旅立ちにはよい日だな」

早朝ということもあり、門前を行き交う人の姿はまばらだ。華安《かあん》ともしばらくはお別れかと思うと、寂しさが胸を過る。

五年という歳月の間に、この街にも愛着が湧いた。門に寄り掛かりながら、春蘭は己の格好を見下ろした。馬での旅なので、男物の旅装を着用している。髪は簡素に結い上げ、巾でくるんでいた。

蠍《さそり》や蛇の侵入を防ぐために、袖や裾の部分は細く絞られ、万が一の備えとして胸当てもつけている。さすがに剣は持たせてもらえなかったが、護身用に短刀を懐に忍ばせた。

「おい、春蘭。ぼんやりしてる暇があったら、旦那様の支度を手伝って来いよ」

振り向けば、旅装に着替えた青年が門前に馬を繋いでいるところだった。背が高く、気の強そうな顔立ちをしているが、馬の鬣《たてがみ》を撫でる手つきは驚くほど優しい。

「こらっ、啓璋《けいしょう》。なんて口きいてるの！」

奥から荷物を抱えて出てきたのは、友寧《ゆうねい》だった。啓璋よりも背は低いが、引き締まった体は同年代の若者達と比べるとがっしりしている。柔和な顔つきは相変わらずだが、今はこれでもかというほど眉を吊《つ》り上げていた。

「はいはい。人前に出たら、ちゃんとすればいいんだろ」

聞き飽きた、とばかりに啓璋は適当に友寧をあしらう。一方、友寧は不真面目な同僚の態度に声を荒らげた。

「そういう問題じゃないよ！」

「怒鳴るなって。近所迷惑だろ」

そんな二人を尻目に、口で荷物を咥えた白桃《はくとう》が春蘭に歩み寄ってきた。

「ああ、ぬしも手伝いをしていたのか」

「バウッ！」

これが最後の荷物だからと、白桃はそれを地面に置くと玉の中へと戻ってしまった。春蘭が守り神ではなくなってしまったにもかかわらず、白桃は傍を離れることはなかった。華安の龍神に預ける案も考えたが、頑なに拒まれ今に至る。

「しかし、時が経つのも早いな……」

春蘭が鄭《てい》家に戻って、はや五年。思い返せば、様々なことがあった。

朝廷では、帝位に就いた博奕《はくたく》が、山積みとなっていた問題を次々と解決し、今では西の辺境や、小競りあいの絶えなかった地方も、だいぶ落ち着きを取り戻したと聞く。西に向かう商人達の数も増えたらしい。

義賊と謳われた猩猩緋《しょうじょうひ》は、未だ地方に潜伏しているとも、五年前に解散したとも言われている。ただ、彼らが再び表に出ることは一度としてなかった。陰で翰栄《かんえい》の手足となって働いているのではないか、というのが春蘭の推測だ。

太子派の筆頭であった興奏《こうそう》は、あっさりと引退した。姪である翠蓮《すいれん》を後宮に入れた直後より体調を崩し、出仕もままならない状態が続いたから、というのが表向きの理由である。太子派と公子派が対立している時から体調が心配されていただけに、官吏達は疑問を抱かずにそれを受け入れたそうだ。

しかし、内状は、興奏に権力が集中しやすい構造になったため、というのが直接の理由である。太子派の筆頭であり、中書令省の最高責任者、そして四夫人の座にある翠蓮が男児を身籠もれば、外戚としての権力も手にすることになる。

五大夫の例もあるため、一箇所に権力が集中することはよくないと、興奏自らが申し出た結果だった。もっとも、博奕が暗にそう仕向けたと考えることもできるが。

一方、後宮に入った姉に対し、妹の玉翠《ぎょくすい》は、避難した先の商家で出会った青年と恋仲になり、興奏の反対を押し退け駆け落ちした。今は夫婦で行商を営《いとな》み、各地を回っているらしい。たまに届けられる文からは、幸せに暮らしていることが窺い知れた。本当にじっとしていることが苦手な娘である。

　後宮では博焚にその才を見いだされた青乎《せいこ》が頭角をあらわし、今年に入って宦官達を取り仕切る立場に就いた。博焚はどこぞの官吏の養子とし、仕官させたいようだが、本人は自分にはすぎたることだからと固辞しているらしい。

　黎貴妃《れいきひ》と共に姿を消した楊秀《ようしゅう》は、五年前の襲撃で命を落としたことになっていた。韓家よりも、愛する女を選んだことに対するけじめなのだろう。彼らの消息はようとして知れないが、華国《かこく》のどこかで今度こそ平穏に暮らしているはずだ。

　春蘭が占師として世話になった黄海楼《おうかいろう》は、今では五年前よりも、有名な妓楼として花街《はなまち》で名を馳《は》せている。

　驚いたのは、妓楼で働いている徐守真《じょしゅしん》と妓女である呂紅燕《りょこうえん》がいつの間にか約束を交わす仲となっていたことだ。紅燕の年季があけるのを待って、所帯を持つのだという。

　春蘭の友人だった祥琳《しょうりん》は黄海楼一の名妓となり、ますます芸に磨きをかけている。月儀《げつぎ》や蒼羽《そうう》、蘇啓《そけい》も変わらずだ。

　子慮《しりょ》は龍乎《りゅうこ》の隊長として人々に慕われながらも、騒ぎを起こしては文重《ぶんちょう》達を困らせている。

　そして、仲望は――博焚に口説き落とされ、側近として仕える羽目になった。啓璋と友寧は仲望の出世を純粋に喜び、本人は未だに夜逃げを本気で検討し続けている。

「馬の準備はできたぞ。しかし、本当にいいのか？　なんなら商家に頼んで、荷馬車を一つ都合つけてくるけど」

「問題ない。いざとなれば、白桃の背に乗るから大丈夫だ」

「いや、大丈夫じゃねぇよ」

問題大ありじゃねぇか、と啓璋は肩を落とす。そうこうしている間に、旅装を整えた仲望が姿をあらわした。

切れ長の瞳に疲れを滲ませ、片足を引き摺るようにして歩く姿は相変わらず億劫《おっくう》そうである。五年という歳月は、見た目には少年達ほどの変化を与えなかったが、それでも、貫禄がついたと思うのは贔屓目《ひいきめ》だろうか。

「もう、啓璋ってばいい加減に、春蘭様に対して言葉遣いを改めなよ」

「いや、私は気にしていないぞ。それに、ぬしらに〝様〟づけで呼ばれるのは慣れん。できれば、今までと同じように呼んでもらえればありがたい」

「慣れてください。あなたは鄭家の奥方になったんですから」

有無を言わせぬ友寧の口調に、春蘭は助けを求めて仲望を見上げる。昔は首が痛くなるほどの差があったのに、今は視線が肩に届くまでとなった。五年の間に、もっとも成長したのは他ならぬ春蘭自身だろう。

「あー、まあ、あっちでは使用人も増えるから。慣れないと、ね」

宥めるように頭を撫でられ、春蘭は己の不利を悟った。最近まで平然と会話していた相手に、いきなり敬語を使われるというのは、どうしても違和感が拭えない。啓璋は今までとさほど変わらないが、真面目な友寧は、周囲の目がなくても春蘭を奥方扱いするようになってしまった。

「使えぬ奴め。ほら、準備ができたらさっさと行くぞ。治水とやらをはじめるのだろう」

守り神としての力を失った春蘭が、毎日のように雨を気にしていた時、治水工事を提案したのは博奕だった。

国を挙げての一大事業となるが、華国が抱える職業難の解決にもなり、無事に完成すれば、洪水で苦しむ民を救えるのだという。これは博奕が太子の時から考えていたもので、後宮の縮小や、宮中の金の流れを見直し、ようやく実現の目処《めど》が立ったのだということだった。そして、その責任者の一人として抜擢されたのが仲望だ。

計画を立案するだけで、五年という歳月がかかった。むろん、物資の調達や働き手の雇用など、やるべきことはまだまだ山積みだ。かなりの人数の官吏が、治水工事のために割かれることとなった。

「わっ、待って。留守の間、屋敷を見てくれるお隣さんに挨拶してきちゃうから！」

「おーい、友寧。お前も敬語が抜けてるぞー。だめだろ」

揚げ足を取ったとばかりに、啓璋が意地の悪い笑みを浮かべる。

「啓璋ほどじゃないからいいんだよ！」

ほら行くよ、と友寧は啓璋を引っ張って行ってしまった。

「旦那様は行かなくてもいいのか？」

「俺は形式張った挨拶を、ご当主相手にちゃんと済ませておいたから。友寧達は、家僕の者達に挨拶に行ったんだよ」

そうか、と春蘭が頷いていると、仲望は困った様子で頬を掻いた。どこか戸惑っている風にも見える。

「……春蘭の気持ちが少しわかった」

「うむ？」

「慣れない呼称は、使うもんじゃないな。聞いているこっちが、気恥ずかしくなった」

春蘭が鄭家に嫁いだのは、春先のことだった。治水の件で、異動の辞令が出た。華安を離れることになるから、一緒に来てほしい――妻として、と仲望に告げられたのだ。

宴は内輪だけで行われた。忍びで博焚や翠蓮が顔を出すという思わぬ出来事はあったが、春蘭はその夜から、鄭家の〝居候〟ではなく〝嫁〟となった。

唯一、ずっと仲望の嫁になれと言い続けていた楊秀に、報告できないことだけが心残りではあったが。

「旦那様」

試しにもう一度呼んでみれば、確かに仲望の目が不自然に泳いでいる。照れるにしても、もう少しわかりやすい反応をすればいいものを、と春蘭は呆れてしまった。

「ぬしこそ、啓璋と友寧には昔から呼ばれているのだから、今更ではないか」

「あの二人には、ね」

「まあ、私も仲望と呼ぶほうが楽だがな」

友寧に聞かれると睨まれるんだ、と告げれば苦笑が返ってきた。

「さて、そろそろ馬に乗っておくか」

門前には三頭の馬が繋がれている。旅のために、購入したものだ。春蘭が仲望に手伝ってもらいながら馬上の人になると、眼前にはいつもとは違う景色が広がっていた。視線が高いというのも、不思議な感覚だ。後ろに重みが掛かったかと思うと、仲望が春蘭を抱え込むようにして鞍《くら》に跨がる。

密着することに慣れたつもりではいたのだが、夫婦となった今は、なぜか妙に気恥ずかしさを感じてしまう。居心地の悪さを紛らわすために春蘭は口を開いた。

「……そういえば、旅の途中で私の邑《むら》にも寄るのだろう？」

「ああ。春蘭がずっと守ってきた邑を、この目で見ておきたいからね」

「私もだ。もう崩れてしまっているが、父と母の墓がある。社の傍らに小屋を建て、そこでずっと私を守ってくれていたのだ」

会えるかどうかはわからないが、あそこには先代の守り神も眠っている。白桃も喜ぶだろう。

「それはぜひ、挨拶しなければならないな」

騒がしい声が響いたと思うと、啓璋と友寧が言いあいをしながら戻ってきた。春蘭と仲望の姿を見ると、二人は大慌てで鐙《あぶみ》に足をかける。

「真名《まな》を取り戻せなかったことを、後悔してるかい？」

仲望の問いに、春蘭は瞼を伏せた。華安へ来た目的は、奪われた真名を取り戻すことだ。結局、その望みは叶わず、春蘭は守り神としての力を失ってしまった。幸いにも邑が洪水の被害にあったという話は聞こえてこない。だが、治水工事が完成するまでには長い年月がかかる。この先も邑が無事だという確証はない。

それでも、これが春蘭の選んだ〝未来〟なのだ。

「ぬしは、まだそんなことを気にしていたのか？」

「いや、まあ……」

「邑を守るという先代の守り神の遺志を、最後まで貫けなかったことに対する後悔はある。だが、守り神の力は失ったが、代わりに〝今〟がある」

三百年前、春蘭は死を覚悟した。生きたいと願いながらも、死を選ばなければならなかった。それでも、悠遠の時を経た今、自分は〝春蘭〟として生きている。

「それに、治水工事に携わるぬしを手伝うことで、私も微力ながら邑を守れるではないか」

「そうか……」

振り向けば、仲望は優しげな笑みを湛えていた。

「では、行くか」

仲望はゆっくりと馬を走らせた。

春蘭は馬上から、朝日に照らされる町並みを眺める。

大路へと出れば、すでにせっせと働きはじめている人々の姿が見えた。店頭に品物を並べる者もいれば、暑さを凌ぐために打ち水をする者もいる。馬に気づいた者達は慌てたように脇に寄り、滲んだ汗を短服の袖で拭いていた。

誰もが、笑みを浮かべているわけではない。中には声を荒らげる者や、浮かぬ足取りで荷物を肩にかける者もいる。

だが、その変哲のない平穏な日常こそが、なによりも掛け替えのないものなのだと、春蘭は知っていた。

「今日は暑くなりそうだな」

生きたいと心から願った世界は、どこまでも美しかった。

了

「華国神記」シリーズ（二〇一一年〜二〇一二年　C★NOVELS）

本書は「華国神記」シリーズ全五巻を、加筆、修正し、改題した上で、
全三巻として刊行しました。

中公文庫

華《か》国《こく》神《しん》記《き》3

——終《お》わりし神《かみ》の残影《ざんえい》に

2023年3月25日　初版発行

著　者　九《く》条《じょう》菜《な》月《つき》

発行者　安部順一

発行所　中央公論新社

〒100-8152　東京都千代田区大手町1-7-1

電話　販売 03-5299-1730　編集 03-5299-1890

URL https://www.chuko.co.jp/

DTP　ハンズ・ミケ

印　刷　三晃印刷

製　本　小泉製本

Published by CHUOKORON-SHINSHA, INC.

Printed in Japan　ISBN978-4-12-207339-5 C1193

定価はカバーに表示してあります。落丁本・乱丁本はお手数ですが小社販売部宛お送り下さい。送料小社負担にてお取り替えいたします。

よすが横丁修理店

迷子の持ち主、お探しします

及川早月

単なる可愛い物語？　全然違います!!

あらすじ

人に大切にされた道具には心が宿り、
人との縁が切れると道具は迷子になる――。

ぼくは、古道具修理店「ゆかりや」で店長代理のエンさん（ちょっと意地悪）と一緒に、人と道具の「縁」を結んだり断ち切ったりしている。でもある日、横丁で不思議な事件が続いたと思ったら、ぼくの体にも異変が起こり始め――？

イラスト／ゆうこ

中公文庫